世界大师童书典藏馆

狼犬和九年级三班

韦苇 主编

[芬兰]约尔马·库尔维年/著 韦苇/译

中原出版传媒集团
中原传媒股份公司
海燕出版社

图书在版编目（CIP）数据

狼犬和九年级三班 /（芬）约尔马·库尔维年著；韦苇
主编；韦苇译. — 郑州：海燕出版社，2019.6
（世界大师童书典藏馆）
ISBN 978-7-5350-7987-9

Ⅰ. ①狼… Ⅱ. ①约… ②韦… Ⅲ. ①儿童小说 –
中篇小说 – 芬兰 – 现代 Ⅳ. ① I531.84

中国版本图书馆 CIP 数据核字（2019）第 091833 号

出版发行：海燕出版社
　　　　　地址：郑州市郑东新区祥盛街 27 号
　　　　　邮编：450016
　　　　　电话：0371–65734522
经　　销：河南省新华书店
印　　刷：郑州市毛庄印刷厂
开　　本：16 开（710 毫米 ×1000 毫米）
印　　张：9 印张
字　　数：180 千字
版　　次：2019 年 6 月第 1 版
印　　次：2019 年 6 月第 1 次印刷
定　　价：20.00 元

本书如有印装质量问题，由承印厂负责调换。

读典藏，让自己浸浴在书香里

韦 苇

我们怀抱着将世界上最好的文学童书播扬到孩子们中间去的共同心愿，和海燕出版社联手，把我国少年儿童最值得阅读、最值得收藏的名篇佳作翻译出来、编印出来，让孩子们阅读、欣赏这些好书，使自己的精神营养得到补充和丰富。我们做这一切的时候，自始至终浸浴在书香中，我们的努力所体现的是一种传递书香的真诚。

好书不嫌多，多多益善。好书不嫌丰富，富富益善。我们已经拥有的世界文学童书或多半是翻译家们从美国和西欧优秀的童书中挑选来的，当然，它们都很好，我们的这套丛书里也应该包括西方世界典范的儿童文学作品，但有一点也是非常明白的，就是：优秀的儿童文学作品并不都是用英语写成的。我们的视野从已有的文学童书领域宕开去，扩开去，譬如说，我们往北欧看过去，我们看到那里也不单有林格伦和杨松作为20世纪儿童文学的北斗，高悬于世界儿童文学的星空，那里还是个儿童文学群峰林立的所在；譬如说，我们往俄罗斯、往中东欧看过去，那里的儿童文学用不同于西方的笔墨，用自己的幽默和谐趣来表达着别样的情感和思想，从他们的人生观和价值观里，

我们感觉到世界虽然很大，但人性的基本面和精神追求却大体是相同的。我们读来自不同地域的作品，一样会引起我们的共鸣。

好书只是来陪伴我们，而不需要我们来尽什么义务和责任。

我们不是为了履行谁的使命，来向年轻的朋友推介出自大师之手的作品，我们只是挑选他们有使命感的作品，把小读者吸引到丰美的阅读盛宴中来。所以我们的选择标准只有八个字"超越时空，值得典藏"。有的是因为作品的人物和故事而使作品具有了超越时空的力量，有的是因为作家趣味绝伦的语言而具有了超越时空的力量，有的是因为字里行间的智慧和幽默具有了超越时空的力量。一本书能够超越时空，就一定能够同不同时空中的人建立起个人的感情联系，触动不同时空中的人的心弦——尽管，有时超越的力量可能不是来自整部作品，而只是作品中某个或某些章节，甚至某个或某几个细节描写。要知道，能够给不同时空中的孩子带来温暖、美的阅读享受，用优美的富于童趣的诗意语言告诉孩子人性所有的美好——善良、诚实、宽容、勇敢、爱……是很不容易的，所以凡是具有超越时空力量的作品我们都要推介，不论它们来自世界的哪个角落。

说教，在家庭里、在学校里，已经够多了，让我们换一种同样有意义的方式，不是被动而是主动接受的方式，接受我们的文学童书推介，以获得情感的体验和艺术的熏陶，从而规范自己的人生之路，让自己的生命有一个足够的宽度和厚度。

2014 年 10 月 23 日于浙江师范大学丽泽湖畔

约尔马·库尔维年

约尔马·库尔维年，北欧著名作家，写过许多中长篇小说，也写过一些剧本，他的小说特别受到青少年的欢迎，作品两度获得芬兰国家奖，流传甚广。

第一章　校园风波

"有人在这里悄悄说别人的坏话。"

"他大概欠揍。"

课间休息时，鲁罗年这么嘟哝着。汤米一听就知道鲁罗年是为上一堂瑞典语课的事而憋着一肚子窝囊气。上一堂瑞典语课上，玛丽老师指名道姓奚落了鲁罗年："或许，鲁罗年先生肯赏光，能给我一个面子，把他的课本拿出来，放到课桌上……自然我说的是他的课本要是还没被撕光的话。"

上星期瑞典语课上，玛丽老师曾就课文内容布置过一道作业题。现在玛丽老师正检查这道作业题的完成情况。

"课本封面上的风景画就是北冰洋和行驶在海洋上的渔船。我知道鲁罗年先生的记性不大好……第六页，第十段。奥兰群岛。"（瑞典语。在芬兰，瑞典语也是官方语言。）

瑞典语老师一直把话题往鲁罗年头上扯："这上面有芬兰语注解，鲁罗年一看就能明白。题目是：环游奥兰群岛。上这一课的目的，就是为了让鲁罗年这样的人也能用瑞典语说说有关奥兰群岛的种种知

识……"玛丽老师不断挖苦着鲁罗年，语调里带有一种嘲弄意味，不这样她就不是玛丽老师了。

有些同学扭过头去看鲁罗年，汤米却目不转睛地看着课本，读着用红笔画的段落："……眨眼间……好多芬兰人……在回家路上……"

汤米的座位紧挨着鲁罗年。他觉得最好还是别扭头去看这个被女老师奚落的人。在九年级三班，鲁罗年的个头要算最高最大的，他体重七十千克。许多同学都尝到过他铅砣般沉重的身体压到背上的难受滋味。他把你当街按倒，你的背部马上就会感受到他的分量了。

"你找到课本了吗？鲁罗年？"

鲁罗年还是没掀课桌盖，连转身到墙边书包堆里去翻找一下课本的意思都没有。不过，也不是毫无反应，他解开自己皮短上衣的胸袋纽扣，用手指夹出一张叠成四折的纸片，放在桌面上抚平。这折叠的纸片就是瑞典语老师说的课文第六页，折在里面的是课文第七页。

在一片沉寂中，鲁罗年把纸页摊开展平，然后把嘴里正嚼着的口香糖吐到桌面上，再用手把纸页往桌面上粘，说："行啦，从现在起，我开始听课。"

玛丽老师匀了匀气，突然厉声问道："为什么你不拿出课本？我要你解析的内容课本里全有……"

鲁罗年又往桌面上吐了一团新的口香糖。

"你说的难道我不知道？不过我转念一想，我要是一切都乖乖儿的，那你不就太没戏、太没意思了吗？"全班哄然大笑。大家知道鲁

罗年是热爱瑞典人，喜欢瑞典语的。他的父亲在瑞典工作，他常把父亲从瑞典捎给他的稀罕物品带到学校里来向同学展示。

异常恼怒的玛丽老师这时可完全丧失了幽默感。瞧，她的脸红一阵白一阵，火冒三丈，大叫起来："你这样胡闹，我写信告诉你父母！"

"你写吧。我爸爸到哥德堡去了，我妈妈不会看信。"

全班哈哈大笑。这时玛丽老师毫不掩饰地用轻蔑的目光直视着鲁罗年。

"你的母亲会不会看信，这一点会得到验证的，鲁罗年。不过，既然儿子这么吊儿郎当，母亲没有受过教育，连信也不会看，倒也不是完全不可能的……"这话刺激不了鲁罗年，他自己就把母亲的事乱说一气。然而要是有人逗他说自己母亲的坏话，他也会感到是一种侮辱……

就为瑞典语课上遭受嘲讽的缘故，此刻鲁罗年一边凶神恶煞地在校园里走动，一边寻找发泄心中郁积的窝囊气的合适对象。

汤米用皮鞋尖挠着狼犬罗依的胸脯。罗依习惯于每到傍晚就到高年级学校（芬兰实行九年制义务教育，学校分三级：一、二、三年级为低年级学校，四、五、六年级为中年级学校，七、八、九年级为高年级学校。）大门口去等候汤米放学，然后同汤米一道回家。每天最后一个课余休息时间，罗依都是与汤米及其同班同学一起度过的。

瞧，罗依此时已在等待汤米同它一起回家了。它在门边码得高高的木板垛上趴着，在残冬阳光照到的地方为汤米占了个好位置，因为

高年级同学已把木板垛上的位置占去一大半了。

鲁罗年直直地向他们走来。汤米瞅了瞅坐在自己身边的约尼——他对鲁罗年是不是有所防备？

约尼转到他们学校还不到一个星期。七、八年级他是在别的学校读的，他大前天才来到他们学校。鲁罗年是个什么人物，他应该见识见识。所以他对鲁罗年很感兴趣。鲁罗年的外表不大会引起人家对他的防范，可要讲衣着的豪华，全校可与他比的已经没有了。

鲁罗年的穿着给人的直觉是：他是一个阔少爷，而究竟是怎么一个人，别人不能一下分辨清楚。

鲁罗年向木板垛走来。他不再对精瘦的约尼嘟嘟哝哝，而是做了个要来跟约尼干仗的动作。

汤米的双唇微微动了动，小声对约尼说："你在这里谁也不认识。鲁罗年这会儿心境正坏，你别去跟他较劲儿。"

约尼的目光直视着学校的这个霸王。汤米用眼角斜睨着坐在一旁的新同学。这位新同学充其量比他高五厘米，而且很瘦，但双肩很宽，脸修长，鼻子尖尖的，颧骨和下巴高高耸起，眉毛又粗又浓又黑，头发略微鬈曲。约尼一直注视着鲁罗年。这样直勾勾看人是很容易招致他人敌意的。

真的惹祸了。鲁罗年向着精瘦的约尼靠近，琢磨着这场新战役怎么进行。汤米留意到，约尼的目光在指望紧挨着他的汤米站出来帮助他。

“他过来了。”汤米用手掌捂着嘴低声说了一句，“小心，一个对一个，咱们当中谁也打不过他。”

约尼把目光转向汤米。“那么，咱们这就哭泣求饶？”约尼问。

汤米还来不及回答约尼，学校的欺人魔王已经驻足在他们面前。这时大家还没把注意力集中到鲁罗年身上。

“我觉得，这里少了个我的位置！”

汤米立即站起来，可鲁罗年用手按了按汤米的肩膀，让他在原位坐下。

“这里有人最近才到我们学校来。”

汤米克制住自己不往约尼一边看。约尼总该有这份想象力吧——鲁罗年不左不右就恰恰站在他面前是什么意思。

站在木板垛边的男同学往后退了几步，以防不测。约尼却一动不动。

鲁罗年瞅了一眼狼犬。汤米已经把一只手伸进了狗的项圈，另一只手抚摸着狗脖颈。鲁罗年这副凶巴巴的模样，使罗依误认为他要对汤米进行袭击。鲁罗年也似乎在顾忌这一点，所以他在雪地上退了几步，将身子倾向约尼。

“你好像是能量最强大的‘洛维沙二号’（“洛维沙二号”是芬兰两个核电站中的第二个核电站。）集团的一分子，是吧？”

约尼从图里波蒂城的学校转到这儿来，那里一帮天不怕地不怕的角色称自己为“洛维沙二号”——可想而知，他们这样称呼自己是为

了说明自己的强有力，其能量之大像核电站那样超出人们的想象。

"那又怎么样？"约尼心中不免有些紧张。

鲁罗年的身体向约尼前倾。他是想欺生。

"可我们这里偏不怕'洛维沙二号'来的好汉。"约尼装作没听见。

"他们过去来过我们这里，"鲁罗年接着说，"只是很快吃足了苦头。后来他们好像又到别的学校去了。"

约尼依旧不理睬鲁罗年，对他的话毫无反应。

"你想好了，两条路你选一条，"鲁罗年说得一点儿不含糊，"要么让开，要么挨揍。让你选择的时间不会多……总之，我们这里人人都知道，这木板垛上的位置是早就定好了的。"

这时，一个坐在木板垛上没戴帽子的红发男孩失声笑了笑。

鲁罗年一下感到体面扫尽。他咚咚两步跳到红发男孩后面，一把将他从背后拦胸抱住。

"红毛头，应该被笑的是你吧？"

红发男孩挣扎着，但鲁罗年还是把他往后拖去。

"别欺侮汉台！"男同学异口同声地叫起来。

"鲁罗年欠揍啊！"

"是该把鲁罗年教训教训了！"

"放开汉台，要不然……"鲁罗年依旧抱着汉台不松劲，还是把他往后拖去。

鲁罗年的脸上显露着让人捉摸不透的笑容。同学们的话使他感到

有些意外，于是追问道："……要不然便怎样？"

汤米和约尼从自己的位置上站了起来。汤米命令罗依"靠我脚边"并且紧紧抓住它的项圈。罗依随时准备向大力士扑过去。

"我料谁也不敢跟我对着干。"鲁罗年尖刻地说，"谁要出来打头阵——我这就治他个服服帖帖！"

鲁罗年的目光从一张张同学的脸上滑过。

"怎么，都胆小了吧？有谁还不服帖的？……啊，你们也要在学校里充好汉？"

鲁罗年猛一使劲把他抱着的红发男孩拽下木板垛，将他翻倒，摔倒在木板垛和钢丝网围墙之间的雪地上。红发男孩刚要爬起来，鲁罗年用膝盖抵住他的背部，并把他的左手反扭到了脖颈后。

"你笑的时候，我闻出今天早上你没刷牙。这很容易的，我这就给你补刷一下……"

鲁罗年的右手抓起一把污黑的脏雪，胡乱抹到红发男孩脸上。鲁罗年本来是要把污雪填进他嘴里的，只因为他的嘴紧闭着，并且挣扎着要站起来，所以只抹到了他脸上。

汤米感觉到罗依贴着他身体的肌肉紧张得频频颤动。

鲁罗年的右手从红发男孩脸上移到头顶，插进头发，在发间揉搓。他全身重量都压在红发男孩脸上，把红发男孩的脸压进了积雪里。

"当心，魔鬼！"汤米向鲁罗年大吼一声，"你会把他给闷死的！"

"他死不了！"鲁罗年像摇抽水机的摇柄似的把红发男孩的头直往

雪里压，越压越深。

"我数到三，到三不放，鲁罗年，我可就放狼犬了。"

"办不到的事你甭拿来吓唬人，汤米！"鲁罗年扭头对汤米说，语气凶巴巴的，"是不是你要替他来钻钻这冰雪？"

"这是怎么啦？"这是女老师莫丽凯的声音。

同学们向两边让开一条道，让数学老师过来。她从木板垛那边绕着走。

"谁在这里打架？天哪，鲁罗年，马上放手，站起来！"

莫丽凯老师叫得这么响，以至于校园这一角所有的行人都闻声止步，转过头朝木板垛这边看，好些低年级娃娃也都向出事地点跑来。

莫丽凯老师把鲁罗年拽了起来。

鲁罗年慢腾腾地站起来，双手还按着受害者的后脖颈，临了还从木板上抓一把雪抹在受害者脸上。

"你怎么啦？"莫丽凯老师看着有气无力地站起来的红发男孩，万分不安地问。

红发男孩一时回不过神来，所以一句话也说不出来。"呸呸呸"，他只是不住声地从嘴里、从鼻孔里喷出污雪，并抬手抹了一把脸。此时他张着嘴大口大口呼吸空气，他真的快憋断气了，就像那被甩上岸的鱼。

莫丽凯老师推了一把鲁罗年，大声说："你的心可真狠！人都快闷死了，你还往他嘴里填雪！"

莫丽凯老师给红发男孩拍打背上的雪尘，这时鲁罗年才慢慢走到

一边去。

"你匀过气来了吗？没事吧？要不要叫救护车来？"

"您别瞎操心！"鲁罗年破着嗓子说，"他什么事儿也不会有的。"

红发男孩已经缓过些气来。他能够说话了。"我……没有事。"

"鲁罗年干吗这样欺侮你？"

鲁罗年双手往两边摊了摊。"哎，您倒是听好了，谁也没欺侮谁！他们不明白我只不过是跟他闹着玩玩罢了。"

数学老师看了看红发男孩。"闹着玩？这叫闹着玩？"

"是呀是呀。"鲁罗年在女老师背后噘嘴说。

"我问的不是你。"她给红发男孩抹着脸，"这是闹着玩吗？"

"还能叫什么呢？"红发男孩艰难地喘着气，回答，"用不着为这事弄得满城风雨！"

莫丽凯老师环视着大家。"别的同学都这样认为吗？"

"没什么大不了的。"一个高年级同学应了一句。

莫丽凯老师的脸涨红了。"这到底算不算闹着玩儿？"

"您自己不都看见了。"有人这么说了一句。

"当然，是闹着玩儿！"

"您还不信吗，已经有两个人这么说了。"坐在木板垛上的一个学生说。

铃声响了。莫丽凯老师这才定睛直视鲁罗年。

"我知道了，有的人闹着玩儿是这么个闹法的。"她低声说，"我得

把这事报告给校长。"

"报告吧，请吧。顺便，你也报告报告你丢了学生作业本的事。"莫丽凯老师上星期把皮亚里的作业本给弄丢了，直到现在还没找到。

汤米无意中歪起了嘴。汤米不该在这时做鬼脸。莫丽凯老师急急地从木板垛那边向他奔过来。

"难道我不曾说过禁止把狗带入校园吗？学校门卫的看门狗吓得女同学个个心惊肉跳，还不够吗？"莫丽凯老师说的是学校门卫的一条叫"里塔"的狗。那是一条警犬。它被长链子拴着，只看守主人家四周那片小地方。可是莫丽凯老师厌恶里塔。不只莫丽凯老师一个人厌恶里塔，因为这条警犬的脾性也真够乖张的，让人触目惊心。

"罗依不大进校园里来的。"汤米想要纠正女老师的说法。

"违反禁令一次也不允许。"莫丽凯老师说，"也许，这狗是别人给你的吧？"

"不是的……当然，要是校园让狗任意进来，这学校也就没人敢来上学了。"汤米气恼地说了句反讽的话。

"为这事，你星期五课后到我那儿去说清楚。"莫丽凯老师说完，匆匆走进了大楼。

鲁罗年爬过木板垛子，来到校园里。

同学们留下来，帮助红发男孩拍净身上的雪。

鲁罗年从汤米身边走过时放慢了脚步。"我忘不了你那'我数到三'的话，汤米！你的狗不会总属于你……"

"鲁罗年，不值得为那小事认真！"

鲁罗年的眼睛老是暗淡得让人不可思议。他虎着脸时，双眼就更阴暗可怖了。"我倒是要看看你究竟站在哪一边！你要是站在我这一边，我们的账就算了……"

"站在你这一边？我恐怕不能事事都站在你这一边。"汤米说出了自己心里真实的想法，"我真的是担心你会把汉台给闷死。"

"要是我真放手干，你和你那个新来的约尼都可能被闷死。"

汤米虽然懊悔自己不该冒冒失失去得罪魔王，可也没跟在鲁罗年屁股后头向他赔不是。同鲁罗年这样的人作对是不太明智的——在学校里同他总得抬头不见低头见。

"你好像怕这魔鬼三分？"汤米站住，等着约尼赶上他。

"你在这里待上几个月，说不定也就不敢像今天这样同他顶撞了。"

约尼很不以为然地凸起下唇。

"你别向他屈服，别胆小，咱们全班同学要是都不怕他，他也就没辙了。可你，看起来比谁都胆小……"

他们在大楼前插进了人群。汤米转身走向一边，狼犬黑森森的嘴直拱到汤米的上身。汤米向罗依挥手，狗汪汪叫起来，边叫边摇尾巴。

莫丽凯老师一见汤米带狗进校就气从心来。汤米看到女教师挤过人群向他走来。

"难道你非得让我去叫学校警卫来，把你这狼犬弄出学校吗？"

"我们进教室上课，它就会自己离校回家去的。"站在莫丽凯老师

身边的人对她说。

"罗依从不惹人恨。"米娜也来帮汤米说话,"我们大家都喜欢它。"

莫丽凯老师对两个帮汤米说话的人连正眼都不瞧一下。她怒气冲冲的目光只盯着汤米:"今后再也不许把狗带进学校,今天是最后一次。明白吗?"

汤米感觉约尼在自己头顶呼吸。"不明白!"

莫丽凯老师气得一时喘不过气来,"两节课后再说!"

"三节课后也这样!要是我需要,我甚至会带狗到教室来上课的!"

莫丽凯老师停下脚步。汤米混入人群向教学楼大门走去。

汤米不想再听莫丽凯老师唠叨,他在继续琢磨着他大声说出口的那句威胁感很强的话。很有可能,下一次数学课,莫丽凯老师会当着九年级三班同学的面宣布不准汤米进她的课堂……

第二章　打赌

莫丽凯老师已经在年级主任老师面前数落过汤米的罪状了。所以汤米一进教室，年级主任拉莱头一句话就是："下课后你到我那儿去一下！"

"她又去诬告我了！"汤米说出了他的判断。

拉莱是地理老师，不同任何人发生冲突。可是汤米顶了这么一句嘴，拉莱老师的心境便不好了。他潦潦草草把上一课结束便转入了新课。公正地说，拉莱老师的课汤米还觉得蛮可听，只可惜今天他的思绪老纠缠在莫丽凯老师和狼犬之间，总是难以排解。

莫丽凯老师真的是很怕狗。她曾两次咬牙切齿地吵吵着要找警犬里塔算账。

拉莱老师转身向着地图。尤西从第三排跑到最前一排的汤米跟前。

"莫丽凯老师也太可恶了。"尤西压低嗓门说。

"她比玛丽老师还爱小题大做。"汤米同意他说的，"现在她可是死死把我给咬住了。"

"她缠住你，是因为她不敢来缠我们这几人当中的其他任何一个人。"鲁罗年在自己座位上说。可能，鲁罗年的话说出了问题的要害。

这种事以前也曾发生过。

"要是莫丽凯老师执迷不悟，愚蠢地缠住咱们哥们儿中的哪一个，我就要给她点儿厉害瞧瞧：还是让她先把皮亚里的作业本找出来吧。"鲁罗年夸口说，"这么一来，她就全没辙了！"

"她无论如何也不会承认她的不是的。"尤西说，"你要她承认她弄丢了皮亚里的作业本呀，这比要她的房子还难。"

皮亚里在最前排的座位上转过身来说："我对莫丽凯老师说过，要是她给我的物理（莫丽凯老师既教数学又教物理）打六分（芬兰学校采用十分制：十分为满分，四分为及格，四分以下为不及格）我们的账就两清了，我的物理从来没有得过高分。"

"见鬼，别来搅我们的事！"鲁罗年斥责了一句，"就你缺心眼……"

"尤西，回你的座位去！"拉莱老师在地图前转过身来说。

"这就坐回去！我再跟同学说句话。"尤西不想惹谁生气，更不想惹拉莱老师生气。拉莱老师可从不拿学生的小事吹毛求疵。

汤米的头脑里酝酿成熟了一个报复莫丽凯老师的计划。他压低声音说："明天，莫丽凯老师上数学课时，我把罗依带到教室里来。"

"让狼犬蹲到讲台上去，我们倒是瞧瞧，这唠叨婆还敢不敢往讲台前坐。"鲁罗年的心思活跃起来，"为了达到目的，我给你们提供技术上的帮助！"

"难的不是技术问题，怕的是吓不倒她。"约尼在自己的座位上说。

尤西转身问约尼："怎么说？"

约尼扬起了左眉："汤米是不敢带罗依进教室的，罗依刚到走道上，汤米已经吓死了。"

"这是'洛维沙二号'团伙里常说的一句话。"

"在技术助手那里不可能得到足够的勇气。"约尼针对鲁罗年说。

鲁罗年转身对约尼说："咱们赌什么吧？"

约尼摘下了手表："就赌这，金壳儿的。这是我父亲留给我的唯一遗产。谁拿着？"

"别干蠢事了。"汤米说，"我自个儿把罗依带到教室里来！"

约尼仍心存疑惑："汤米，你答应了？"

"我答应了，用不着你用金表打赌。"汤米斩钉截铁地说。

约尼把手表戴回自己的手腕。

"那么就一言为定，明天！"尤西说完，往后越过两排课桌，回到自己座位上。

"就在明天莫丽凯老师的数学课上。"鲁罗年进一步敲定说。

汤米只是点了点头。拉莱老师朝他们那边注视着。男同学也用不着再说了——事已决定，无须再议。

关于是否带狗到数学课堂上来，班上的意见分三派。多数女生和一本正经的男生刚听说这件事就表示反对。

"为什么你们不胡闹就过不了日子呢？"乌拉梅娅反感地说，"莫丽凯老师有哪一点对不住你们，啊？"

"乌拉梅娅喜欢上莫丽凯老师了。"尤西挖苦地说。

“莫丽凯老师已经够紧张的了。她有三个孩子，大的才五岁，他们感染上了流行性感冒，前天她抱怨说，她已两个星期没好好睡上安稳觉了。”乌拉梅娅说。

“如果她对付不了，为什么不换个职业呢？”鲁罗年感到不解，“况且嫁的是丈夫，又没嫁给学校？”

乌拉梅娅瞟了汤米一眼，说：“我尤其想不通的是你！”

“她一见我的罗依就大呼小叫。”汤米嘟哝着，觉得自己并没有什么错。乌拉梅娅没再说什么。

汤米苦恼了。乌拉梅娅说他们胡闹，难道他们真的在胡闹？乌拉梅娅可是常常说得在理的。她是这个城市的游泳选手，她的事迹经常刊载在报纸上。在中级舞会上她差不多能拿满分。她是游泳俱乐部的成员，参加这个俱乐部，得先由市级教练认可，条件要求比学校高得多。

乌拉梅娅总让人感到她比其他同学年长几岁，这是为什么呢？其实她与汤米同龄，可看上去已经像成年女子了。

“按我的看法，咱们班应当改改风气。”卡丽塔说，“课堂上闹得连老师讲课的声音都听不见，有些家伙说话那么大声，也太肆无忌惮了。”

“你不能看老师的口形吗？”尤西说，“你恨不能把所有课本都一字不落地背下来。”

“到了高级中学，我就再也看不到像你们这样的家伙了。”卡丽塔宣布道，“我就一门心思想上高级中学，到那里一切就都好了。”

“你做得比老师要求的还好，天天念书到深更半夜，再加上考试时

你又会夹带作弊，考上高级中学准没问题。"鲁罗年讽刺说。

大家都笑了。卡丽塔脸红了。全班人人皆知，她制作夹带纸条是头一把好手。卡丽塔为得高分而千方百计、不择手段是全校闻名的。她的兄弟姐妹都跟她一个样儿。他们的父母见了十分以下的成绩就对他们不客气，所以为了获取好成绩他们就无所不用其极。霍尔麻跟卡丽塔一家同住一幢楼，是他把这些丑事都说了出来。

学校老师个个夸奖卡丽塔爱整洁、肯用功。老师每次来上课，她都快快跑去开门，并且恭恭敬敬向老师行屈膝礼，这一点也很讨老师喜欢。英语老师艾娃尤其把她视若掌上明珠，因此考英语时她夹带作弊就更无所顾忌。但是不管卡丽塔如何受到众人的嘲笑，艾莎和莉娅丝凯还是尖声叫着为女生辩护。这时鲁罗年出来收拾场面，说："汤米，咱们别管她们同意不同意，你把狗带来就是。"

"只要汤米不害怕就好办。"约尼补充说。

"对，咱们不管老师心腹派怎么叫嚷。"鲁罗年一锤定音。

第二派全是男生，他们打心底里喜欢带狗进教室的主意。但他们不信能把一条狗弄进教室，更不信能够把狗弄到讲台上去蹲着。

"你们怎么把狗弄进这走道？值日生一定会发现它，不让它进的。"

鲁罗年以为那事易如反掌，根本用不着大伤脑筋。

"咱们掩护着把狗从校园带进教室里来。汤米，你能做到让狗不出声吗？"

"狗不会叫的，倒是你的叫声更容易引起别人的注意。"

鲁罗年对于汤米的不恭敬没在意，装作没听见。

"咱们先把狗弄到墙角蹲着。莫丽凯老师进来时，咱们让一个人去同莫丽凯老师讲话。这时，另外一些同学掩护着把狗弄进教室里来。"

"万一莫丽凯老师向门口看，咱们就呼啦一下拥进教室，把狗神不知鬼不觉地夹带进去。"约尼响应道，他的点子出得真绝。

"反正，怎么干都难以完全避免危险。"尤西指出。

"还应该注意到，万一心腹派去把秘密通报给老师呢？"鲁罗年说，"要是那样，你有什么好办法没有？"

"那么，能不能在课间休息时把狗悄悄从窗口弄进教室呢？"

"狗会叫出声来的。"有人提醒说。

汤米笑了："我让它悄悄蹲着，谁也甭想知道它在学校里，哪怕学校发生火灾，它也不会叫一声的。"

"咱们就这么干。"鲁罗年拍了板，"咱们以前从来没带动物到教室来过，连只老鼠也没有。"他总结说，"可汤米的狗明天要来听数学课了，不过这还得有个前提，那就是谁也不走漏风声，谁也不去坏事儿……好，咱们到学校外面瞧瞧窗口去！"

课间休息时，按学校规定是不能离开校园的。

于是他们沿教学大楼的墙脚拐向大门，出了学校。他们的背后响着莫丽凯老师那穿透力很强的叫声，但是他们谁也不想去弄清楚她叫的是不是他们。

"最好紧贴墙根走。这样从窗里看就看不到咱们了。"约尼这样提

醒着，跟在其他几人后面。

鲁罗年走了几步，停下来说："是这些窗口还是前面那些？"

"前面那些窗口。咱们教室窗口对面是莫丽凯老师'贝姆甫'牌轿车的停放位置。"

在这个校外停车场上，学校的车辆停放有序。靠办公室停的是校长的"福尔克斯华根"牌轿车。

"'密尔塞吉斯'380号是艾娃老师的车。"汤米说，"她的丈夫好像是建筑业的包工头。瞧，接着那辆'西特罗英'车是玛塞老师的。"

"是教芬兰语文的那位女老师的？"约尼问。

"是呀，玛塞老师从不拿汽车向人炫耀……拉莱老师连汽车都不要。那边是他的自行车。"

"聪明的男子汉！"约尼赞赏说。

他们驻足在车号为520的莫丽凯老师的车跟前。这辆银灰色汽车强烈地吸引着他们的目光。鲁罗年转过身来说："简直叫人不敢相信，这个唠叨婆的车子竟这样豪华！"

汤米丈量了从地面到窗台的高度。

"同学们，罗依很难跳这么高，太高了。"

鲁罗年转身看窗台。接着他把尤西拦到自己身边，他们蹲下来，肩膀平平地紧挨在一起。这样狗从他们背部跳到窗台上就不困难了。

"好，就这么办！"汤米兴奋起来。

狼犬回家可以走另一条路，从厨房矮屋那边走，就不用穿过校园了。

同学们向侧厢房和围栏之间的过道走去。走在前面的尤西说："这条道走不通。"

在厨房门边停着一辆带篷盖的货车，这是厨房拉面包用的。穿连衫裤的工人正往厨房里搬运白纸覆盖着的塑料筐子。

"他们很快就会走的。"

"咱们只需侧身挤挤，就能过去。"

他们走到货车边，厨房门口出现了几个穿连衫裤的工人。走在前面的是海尔卡——餐厅女经理。她年轻时曾在船上干过炊事员，她讲起那时候就没完没了。她的舌头不停地翻转，从不知道累。这会儿她正给人家讲梦："我从梦中醒来，简直吓得哆嗦。梦中的事活灵活现，像真的一般。整个厨房和餐厅里一眼望去都是血，斧头上是血，大木砧上也是血。莫非我来到了屠宰场？"

"要是真有那样一把血淋淋的斧头，"一个工人说，"倒可以教训教训这帮小兔崽子，他们眼里也太没人了！"

"这些娃娃说了你们什么坏话，冲犯了你们？"女经理问道，声音异常尖厉。

"这帮娃娃不是东西。不过最近倒也不敢惹我们了。"

"你们只消记住他们的模样，"女经理说，"到时候我来收拾他们。"

男孩子们已经从汽车和围栏之间挤了过去。这时一个工人说："上星期，图里波蒂的一帮小贼偷了我们一筐维也纳白面包。"

"天哪！这还了得！"女经理惊叫起来，"那么这些面包的钱谁付

了呢？"

鲁罗年一边得意地微笑着，一边转身对约尼说："这准是'洛维沙二号'那帮小子干的。"

"反正我们不来付这笔款。"站在车旁的一个工人说，"我们是早就有言在先，给这些学校运面包，东西被偷了，我们不负责任。"

"这会儿你们车的后挡板还开着！"女经理惊慌地叫起来。

工人们笑了起来。

"车上没面包可偷了。"

"最好，咱们还是去看看！"

"从这星期起，我们在后挡板上做了个机关，偷面包的人一扳动，后挡板就会吧嗒翻下来，砸烂他的手，叫他想偷也偷不成。"

"这办法好，咱们走吧！"一个工人说。

这时，另一个工人拍了拍女经理的肩膀，道了声别，走了。

汤米听着工人们不慌不忙从台阶走下去时说的这些话，不由得冷汗直冒。汤米瞟了一眼鲁罗年，想必鲁罗年也明白了工人们刚才说话的意思。鲁罗年一纵身，翻上了围栏，示意大家也跟着他从围栏上头的铁丝网眼里钻出去，这样会快些。然而钻出学校围栏可没那么容易，围栏上头的铁丝网洞眼太小，连鞋尖都伸不出去。假如趁搬运面包的工人不在场，他们爬上车，躲在空车里，驾驶员一开车，就把他们带出学校去了。

这个办法也行不通。搬运工走到车厢边，"当"一下把后挡板关上，

驾驶员听见这"当"的一声，立即上车坐到方向盘前，呜的一声把车开走了。这样，孩子们根本来不及上车。

这时，另外一个工人出现在车子旁边，离男孩子们只有两步路。

"哎嗨，这是什么盗窃团伙呀？卡列维，快过来瞧瞧！"

"快跑！同学们！"汤米大叫一声，"快跑！"

"我跑不掉啦！"鲁罗年哭叫道，"我的短上衣被围栏的铁丝网给挂住了，我怎么也挣不脱！快来帮帮我！"

汤米心里嘀咕："把鲁罗年一个人丢在危险中，自己跑掉，这太卑鄙了！"他不管围栏尘土多厚，还是向鲁罗年挨近去。他决心救危难中的同学。可他怎么也没法把鲁罗年解救下来。

尤西和约尼已逃到了学校的另一道门边。

"怎么，鲁罗年被抓住了？"尤西气喘吁吁地问。

"他的上衣叫铁丝网给挂住了。"汤米跑过来费力地喘着气说。

"见鬼了！"约尼惊慌失措地说，"他们会把他给打死的！"

"咱们快去找罗依来！"汤米说了一句，跑进了院子。就在这时，莫丽凯老师从教学楼的墙角跳出来，往两边伸开双臂，像是要把汤米抓住。

"不许离开学校！"女老师大声叫道，"课完后必须在教室里自习一小时。"

约尼从莫丽凯老师左侧擦着汤米身子飞快地跑过。女老师想要拉住约尼，但约尼一猫腰，溜过去了。他们一起嚷着挤着来到了大门口。

"罗依，过来！"汤米叫唤了一声。本来在门口等候的狼犬一下跑到了汤米身边。汤米一个急转身跑到厨房跟前。尤西和约尼跟着他跑。等他们跑到屋角边，搬面包的工人们刚好坐进汽车里，车"呜"的一声开走了。

"晚了一步，真见鬼！"约尼沉重地喘着气说。鲁罗年背靠围栏站着。

"他们怎么你了？"尤西不安地问。

鲁罗年的下巴有一个裂口。血从裂口涌出来，同鼻孔里淌出来的血混在一起。他的脸上糊满了鲜红的血。

"你看看就知道了。"鲁罗年从发肿的嘴唇间恨恨地挤出了这么一句话。鲁罗年双眼红红的，一眨一眨，样子挺滑稽可笑。

"这帮家伙，我总有一天要亲手把他们打死！"鲁罗年向街对面走去，大哭起来，背脊不住地抽搐着。谁也劝不住他，这时鲁罗年最好一个人走走吧。同学们在后面看着他，他的皮短上衣从领子撕裂到下摆。大家一直看着他，直到他在大家视野中完全消失。

第三章　较量

那天傍晚，汤米在一个纯粹偶然的机会碰到了约尼。汤米带上罗依出来溜达。汤米溜达的路线是固定的，就是沿蒂蒂年运河走。但是这洁净又舒爽的散步小道却并不能对罗依产生诱惑力。因为这条小道通往缪利沙，而缪利沙近些年来形成了一个新居民区，兵营式房子、现代高楼和独家宅院鳞次栉比。罗依在那里难免会陷入被其他狗突袭的困境。

汤米出现在缪利沙居民区的边缘。在这里他撞上了约尼。约尼正把报纸分送到各家各户去。汤米的脑际闪过一个念头：这个同班新同学是课外报纸投递员。约尼骑自行车从汤米身边飞快跑过。汤米看到他的自行车后轮两侧垂挂着两只大报袋，里头装满报纸。约尼根本没注意到他的同学在这里带狗溜达。他必须在限定时间内将报纸分送到户，为了分送准确无误，他必须得聚精会神、目不斜视才行。在他身后骑车分送报纸的是汤米的同校同学亚克修。亚克修要攒一笔钱买一辆猴牌轻便摩托车。在亚克修身后骑车过来的是鲁罗年。鲁罗年就在这一带住。

汤米认出是鲁罗年过来了，就从散步小道上拐开，在雪地上走了

十来步，穿过小树林，带着罗依快步来到一条林荫道上。

"嘿，我早看见你了，你钻到这里来了！"汤米向约尼打招呼。

约尼点点头，说："分送报纸，这是最好的地段。"

"这我知道，两年前我也在这条街上分送报纸。现在这里盖起了这么多新大楼，要分送的报纸当然也比那时大大增加了。你送多少份？"

"六百多一点。"

汤米打了个呼哨："这份数很不少了。"

"一星期送两次。"约尼说，"有时还要多。我不送报的日子就捡破烂。"

"都捡些什么破烂？"

约尼弯腰抚摸罗依。

"在城市，靠捡破烂也能过日子。"约尼回答，"看起来人们是把肮脏的垃圾丢出来，其实是把干净的钱财往外扔。最值钱的是各种各样的钢铁器具，还有打字机，好端端的，就坏了个零件，便把它扔出来了。还有些旧东西，那些旧书，完全可以读的。"

"你捡了拿到寄旧店、旧书店去卖？"

"对。干这个得的钱比送报多。送报是收入低下的活。但我也干，这是靠得住的正当工作。"

"你干这活儿多久了？"

"三个星期了。"

"过去这个片区是由鲁罗年分送的。"

"这不奇怪。这片区本来确实是由鲁罗年送的，但是他把该他分送的报纸都扔进了锅炉房的炉子里。"

"真的？"

"不管真相怎样吧，反正邮局里是这么说的。你想，要是原来的送报人勤恳尽责的话，邮局还能换人吗？"

罗依忽然呆立在原地不动了。它灵敏的嗅觉闻到几条拴在街心花园栏杆上的狗。花园旁边开着一家啤酒酒吧，这些狗的主人都坐在酒吧里喝啤酒，而狗却在这里打着寒战等候它们的主人。

约尼看了看酒吧："我请你喝柠檬汁。"

受请还是拒绝，汤米一时拿不定主意。他知道：是到了把他的决定告诉约尼的时候了。于是汤米说："你看得出来，我既不准备站在鲁罗年一边，也不想站在你这一边。"

约尼的下巴抖动了一下："我请你喝柠檬汁并不包含要收买你的意思……"

汤米有些不自在了。可他还是觉得，做个聪明的撒谎者不如做个清白的直言人。但是汤米还是拐了个弯，免得让约尼难堪。他说："我直言告诉你，就是让你知道我的想法。好了，我们喝一杯吧！"

汤米走到酒吧门口，就感到悔不该同意喝柠檬汁，因为他们要走进酒吧时，那些颤抖在寒风中的狗莫名其妙地叫起来。

"哎，你听着，我把罗依带到前厅，你把柠檬汁端到前厅来，要是能这样我就喝……我不想把罗依留在那些长毛狗中间。"

约尼站住了。他两手扶着车把手，眼睛时而转向汤米，时而又看看罗侬。

"你很难理解我的心思。"汤米说，"我不能把罗侬留在外面，因为这对罗侬是一种耻辱。"

约尼摇摇头，说："简直不可思议。不过，也可能真是如此。好吧，你带它到前厅，我把柠檬汁端到前厅来，我倒是不习惯在前厅喝东西，前厅气闷，可难受了。"

这个酒吧很让人讨厌，里面黑洞洞的，霉气扑鼻；女老板的围裙要多脏有多脏，牙齿烂得漆黑，头发翘向一边，活像个巫婆。

这个女老板还嘟哝个没完，她对谁都骂骂咧咧。但是爱喝啤酒的人对这一切全得忍受着，因为在这一带，啤酒店独此一家。

约尼把自行车靠在灯柱上，用大拇指指了指门说："咱们进去！"

酒吧里黑乎乎的，充满呛人的烟味。柜台在门左侧，前面排着不少人。队很长，约尼站在尾巴上，让门半开着，好透气。

酒吧女老板嘟哝不休："这些小鬼真烦人……你不关门，他们就往里钻。你怎么不在家里待着，到大人堆里来绊手绊脚的？"

"我不会在你这里待得很久的，"约尼说，"我一喝完就走。"

"我这里不向未成年人出售任何东西。"女老板恶声恶气地说。

"我不是来喝酒的。请你给我两瓶柠檬汁。红的，就那边放着的那种。"

女老板把开了盖的啤酒一瓶瓶递给排着长队的人们。收了钱，到柜台上打出收据，找给零钱。

"你们把我的门打开，可这里还有别人，他们会受不了的。"女老板埋怨着。

"今儿个是怎么啦？"从弥漫的烟雾中传来一个熟悉的声音。这是鲁罗年。从声音中能听出来，今天他不是中彩了就是中靶了。

"人家一见你们就恶心。这毫不足怪，我也是一见你们当中的无论谁，喝啤酒的兴致就全被糟蹋了。"一个啤酒爱好者说。

"女老板说得很对。"另一个酒客响应道，"得用鞭子狠狠抽着赶他们去干活才对。"

"哪家的母牛都叫得欢，就听不见你家的母牛叫唤。"鲁罗年反唇相讥，"谁见你干活啦？连你这会儿喝酒的钱都还是你老婆给的。"

女老板停止送酒，从柜台里面倾身向外头看。她大声说："是不是我不叫警察来赶，他们就不会自己从这里滚开呢？"

"不用你叫，到晚上警察自己就会来。"鲁罗年立刻接着说。

这时，女老板从半开的门缝里看出去，看到了狼犬罗依。

"严禁带狗入吧！"她尖声大叫道，"我马上给警察局挂电话！"

约尼离开柜台，眨眼间溜到了前厅。三个男学生都退到了门口。

"女老板，警察来了，你就让他们好好看看这啤酒酒吧里的常客。告诉你，到你这里来喝酒的全是酒鬼！"鲁罗年这么叫着，很不情愿地同自己的伙伴走出了前厅。在台阶上，他们站了下来。

"咱们怕什么呢，咱们不是有'洛维沙二号'在这儿吗？真见鬼！"鲁罗年仿佛不曾在学校里认识约尼似的，"并且，咱们的指挥官还带着

一条狼犬呢……"鲁罗年话语中显然不怀好意。要是说一分钟前他们三个还算是同盟者的话,那么一分钟后这同盟已不复存在了。

"我倒是要看看,这报送成送不成。"约尼毫不动气地把手扶在挂着报袋的自行车上。

"鲁罗年,你好像对我在这儿送报不满意?"约尼扭头问后面的鲁罗年。

"自然是。我记得,这个片区的报纸是我承包的,我不允许别人来送。"

约尼把歪到一边的报袋扶正。汤米把狗紧紧拉在自己身边,他相信,狗能闻出鲁罗年话中的威胁意味。

"我从不允许人家到这儿来送报,你'洛维沙'团伙的人能不知道?"鲁罗年说。和鲁罗年一同来的四个哥们儿站在台阶上狞笑。

约尼抬了抬自行车头,瞥了鲁罗年一眼。"这原是你的片区我知道,可我还知道你把大捆大捆订户的报纸都扔进锅炉房的火炉里。我给哪片区送报都行。我对在哪儿送报的问题没有兴趣。"

鲁罗年走下了一级台阶。

"说不定,你的兴趣就会产生,而且很快就会……而你,汤米,你带上你的混账狗从这儿滚开!你滚开,咱们两个就没事了。"

"你们五个对一个。"汤米明确地指出。鲁罗年把汤米的话当耳边风,他和他的同伴向约尼围了过来。约尼把车头对着他们。

汤米准备着应付来势汹汹的鲁罗年一伙。

"两个门洞入口任你选一个,'洛维沙二号'!"鲁罗年宣布道,"我

们在三号门洞入口等你。到时候，你在两条出路当中选一条：你要么不再送报，要么吃吃我们的苦头。"

约尼站住了，向后看了看报袋。

"在我送完报纸前，你来得及把你全家人都拉来，把你的奶奶、祖奶奶、曾祖奶奶都拉来。"

约尼转身送自己的报去了。他在一号门洞口，一只手拿出一摞报纸，"啪"——拍了一下，甩到另一只手上，把自行车在门边靠定，就走进门洞里。

鲁罗年瞅了瞅汤米，说："我告诉你的，你倒是听见没有？"

"这带狗的家伙是想吃耳光了。"鲁罗年团伙中的一个人说。

汤米随时提防着鲁罗年团伙，与他们保持几尺距离，接着斜穿过这城市最边缘的街道，朝矮树林方向走去。倒不是他怕鲁罗年团伙——有狼犬在身边，他用不着怕他们。他只是想从人行道上透过方格窗看约尼。

那帮家伙可能正在打他。鲁罗年经过二号门洞口直向第三道门洞口走去。汤米在街那边站住，这里离二号门洞很近。

汤米说："你没权利妨碍约尼送报！"鲁罗年没有回答。

"你丢失这个片区的送报权时，约尼还没到这个小城来，你不能蛮不讲理找约尼出气。"汤米提醒他。

"你这会儿走开还没你的事，我们不会怎么你。"

"你既然不被允许再在这个片区送报，你还要霸占住这个片区的送

报权干吗？"

一号门洞的门开了。

约尼从门洞里走出来，向自己的自行车走去。他从报袋里掏出一摞报纸来。他既不看汤米，也不看等候在二号门洞口的鲁罗年一伙，径直走进二号门洞，消失了身影。

"鲁罗年，你为什么不到邮局里去认个错，说说清楚？只要他们相信你会好好干，他们还是会让你为邮局送报的。"鲁罗年把背朝向汤米。

"报不好好送，又想拿钱，天下没这等便宜的事。"汤米继续说。

汤米明白他为什么要把这话说出来。要是他不想找麻烦，他完全可以什么也不说。然而他不能不说，只有说出来才能激励自己鼓足勇气去对抗鲁罗年的横行霸道。

"你别以为有一条破狗就可以天王老子都不怕了。"鲁罗年团伙中一个粗壮结实的矮个儿说，"如果必要，我能治住你的狗。你没见报上老说宠犬失踪的事？"

这类事报上真的是说得很多。

"小刀一扎进去就完了，神不知鬼不觉。"

这话很可能只是吓唬吓唬汤米，可矮个儿的衣袋里真有一把芬兰小刀，他几次把小刀掏出来，故意让汤米看见他真的是身藏小刀。

"你们蠢到家了，鲁罗年！"汤米鼓足勇气说。

汤米说过这话，就定定地看着约尼在里头的二号门洞，不看鲁罗年。

门洞里的灯灭了，走道一片漆黑。这时约尼是在第几个楼层送报呢，还是已经下来了？还是在楼梯转弯处？他得用手扶墙，在黑暗中小心地挪动脚步，以免踩空。也可能，约尼站在某个窗口，从那里往下看鲁罗年一伙的动静。

汤米扭头看鲁罗年团伙，想用目光投视方向告诉约尼：鲁罗年一伙正守候在约尼要出来的二号门洞口。因为约尼是不可能看见他们的。由于汤米长时间站在寒冷中，寒气穿过他的脊背，所以不免打起冷战来。他想象约尼在高处黑暗中正窥望等在门洞口的鲁罗年一伙。

约尼无疑比汤米更懂得此时保持缄默对他是多么重要。

可是二号门洞的灯又亮了。

汤米在这刹那看见一个窗口里有一双脚在很快走动。约尼从四楼下到三楼。

约尼的身影又消失了。这就是说，他在三楼给各家分送报纸。这房子每层楼有十户人家。汤米的目光注视着三楼到二楼的楼梯窗口，从窗口里能看到里头的几级楼梯。

鲁罗年的声音忽然使汤米浑身抖动了一下。

"你知道约尼住哪里？"

"不知道……你问这干啥？"

"我想我们揍他个七死八活以后，你能扶他回家去。"

"今天我们把他收拾一顿以后，没人扶他，他是准定回不了家的。"那个用小刀威胁要杀死罗依的矮个儿解释说。

约尼的腿在第二个楼梯窗口一闪。送报人不一会儿将从二号门洞出来。很可能，他也像汤米一样憋足了一股劲儿。应该想到，犹豫不决在此时此刻绝无好处。

二号门洞的灯亮了又灭了。为了节省电，每层楼的楼道灯都有自动开关。灯灭了，正说明约尼很快将从门洞出来。

门马上就要开了。等候在二号门洞口的鲁罗年团伙全都紧张起来，准备下手。那个矮个儿家伙把手伸进衣袋里去掏刀。

"罗依，跟我来！"汤米挪动了一下位置。他穿过街快步向二号门洞走近。

"汤米，你该站在哪一边可要认真选择。"鲁罗年警告说。

"这会儿我只看你的动作。"汤米宣布道，"你敢碰一碰约尼，狗牙就会马上咬住你的喉头。"

"你干吗插手？"团伙中的一人问。

"从'洛维沙二号'那里你什么好处也得不到的。"鲁罗年提醒说。

"你们只要动动脑筋就会想清楚的，"汤米回答，"约尼他一个少年，天这么晚还在工作，而你们五位英雄凶巴巴地在这里袭击他。天下该没有比你们更勇敢的人了，鲁罗年！"

鲁罗年没吱声。他提醒汤米别给约尼壮胆，用手指竖在自己的嘴唇中间，示意汤米别说话。二号门洞的门开了，但走出来的不是约尼，而是一位上了年纪的老太太。她迟疑了一下，细步走到人行道上。她晃动着摇摇晃晃的身子，转身朝向男孩子们站着的地方。

莫非是约尼改变了主意，从里头翻墙进了宅院，然后从宅院悄悄溜走了？没有。灯灭时，约尼推开门，从门洞走了出来。

"把狗看住。"鲁罗年把手从嘴唇上放开，对那结实的矮个儿说。

那矮个儿从衣袋里把手拿了出来。汤米没见他手里有小刀，但知道小刀就在矮个儿手中攥着。

约尼从报袋里取出一摞报纸，正夹到腋下的当儿，汤米走到了街上，沿人行道朝鲁罗年走去。

"谁使坏，这不明摆着吗，鲁罗年！"没等鲁罗年开口，他就说。

"咱们这就瞧瞧谁使坏。"鲁罗年说。

汤米估量了一下情势。他的心像一面大鼓似的被猛烈捶击着，怦怦作响。他的太阳穴嗡嗡直叫。他拿定主意，鲁罗年一动手，就下令罗依扑向鲁罗年。只要鲁罗年这头目一撒手，其余四个不可能不害怕。他汤米的任务是要拿住这个结实的矮个儿。这矮家伙会持刀向他捅来吗？谁也料不定这种时候会发生什么险情。

罗依坐在自己的后腿上。它嗅到了危险，因而浑身紧张得频频颤动。这时，人和狗的眼睛都被车灯的强光刺得什么也看不见。这车灯灯光之强烈，使汤米感到双眼生疼生疼。

"警察！"他先听得鲁罗年大叫一声，接着看到一辆闪着蓝光的警车飞驰而来。

矮个儿咒骂了一句，很快从衣袋里掏出了小刀，一下蹿过了街道，躲进了林子。其他几人都紧随他往林子里钻。

警车开得飞快，而后突然停下。停住的车轮还在向前滑动时，车门就开了，从驾驶室里走下一个高个儿警察。鲁罗年和他的团伙向散步小道上猛逃。

"喂，你们站住！"散步小道上有一些人迎着他们跑来，另外一些人在观望那些跑来的人。但是鲁罗年一伙还在飞跑着。

警察转身向着汤米和罗依。汤米初次看见这个警察，看来，罗依也不认识他。

"出什么事了？那些逃跑的是什么人？"

"我们不认识他们。"约尼语速很快地说，"总是些捣乱分子吧。他们从酒吧里跑出来……幸好，我们身边有狗。"

警察在后面看着逃跑者纷纷躲进了林子，他在估量着有没有追上的可能。汤米敢打赌，这个警察准定已有五年没快速跑步了。这只要看他的腰部就一目了然。

"咱们去问问酒吧女老板。"坐在驾驶位上的警察说。

从汽车里走出来的警察叹息了一声。他又一次瞥了瞥约尼的自行车，看到他车架两侧的报袋。

"一切都明白了！"他说过这句话后又坐回车里。汽车向酒吧开去。

汤米心里直发怵，止不住浑身颤抖。直到此刻他才后怕起来。

"你肩膀上有脑袋不？"汤米没好气地说。

"我得挣钱过日子。"

"你可以不出门洞，悄悄从人家院子里溜出去，等他们走后你再来

送报。鲁罗年不可能总等在这里的。他再等三分钟就不会有耐心继续等下去了。"

约尼的下巴像是变尖了。

"你走到哪里,他们都可能出现在你面前。他们那一套我不在乎。"

约尼的话很有几分豪气,话音里洋溢着自信。从约尼的眼神中,汤米看到约尼不是在说夸口话。

过一会儿,他眼神的表情变了,变得柔和起来,并露出了一丝笑意。

"说我对他们不在乎是我随口说的,"约尼说,"其实我得承认,我真是怕他们。谢谢你,眼看你可能陪我挨打,你也没扔下我不管……"

第四章　风波再起

鲁罗年早早来到学校大门口等汤米。终于，汤米出现在学校围栏边。鲁罗年用疑惑的眼神看着他："你的那条破狗呢？"

罗依没跟汤米一同来，它滞留在矮树林里，不停地嗅着什么。但汤米不提自己的狗这时在哪里。

"你想咱们商量好的那个主意能成吗？"

鲁罗年诧异地说："为什么不能？"

"昨天那样的事发生过后，咱们还能合作吗？"

鲁罗年歪扭着他的嘴说："昨天要不是警察来，定叫约尼吃够苦头。你也会吃些的。"

汤米看了看鲁罗年神色黯淡的眼睛，说："你们也不会少吃苦头的。"

"当然。"鲁罗年同意说，"我们也不免要吃些苦头的……不过，我们主要不是对你！我们说过，以后对'洛维沙二号'还要采取行动的，对他一个。今天咱们先来开开莫丽凯的玩笑。或许，你已经变卦了？"

汤米吹了一声口哨。罗依从矮树林里走出来，它的脸上糊满了雪。

"啊，它跟着你来了，"鲁罗年满意地说，"我还以为你……"

"我不会变卦的。"汤米说。

"我们也没变卦。"鲁罗年说，"尤西和'洛维沙二号'也不会变卦的。尤西看来不是个窝囊废。"

鲁罗年的脸上浮现出似笑非笑的表情。

"两节课后，咱们就动手。"汤米下定了决心。

"说定了！"

说实在话，汤米心里对把罗依带进教室的事已不怎么起劲了。汤米泄气的原因，是昨天二号门洞口发生的事，那太让汤米失望了。

除此之外，汤米觉得自己对莫丽凯老师的反感情绪已淡化了许多。这位苦口婆心教导学生的老师将会有多难堪啊。说句真心话，他甚至同情她。十来年前，她自己也曾坐在课桌后面。她为了使自己成为一名合格的教师，做学生时一定是善于克制自己，静静地听老师讲解。现在她成为一名女教师了，可要是早知道学生会让她深感懊恼的话，她当时就不会选择教师这个职业了，她也就用不着为坚持执行校规而生这么大的气了。

听莫丽凯老师讲数学，大家众口一词都说她讲得好。她确实是很有才能的女教师，这一点谁也不敢否认。大家对她不恭敬，很可能是因为她多少有点儿像全班成绩最好的学生，也多少有点儿像那种爱喋喋不休劝诫别人的妇人。她现在说的和做的，一看就知道她做学生那会儿学习满腔热情，为争取名列前茅而天天紧张得提心吊胆，累得气

喘吁吁。

汤米曾见过一张莫丽凯老师四岁时的照片，那会儿她上幼儿园，梳一根小辫子，在那里唱圣歌，唱得可起劲儿了，两颊高高鼓起——她拼命想把声音唱得比别人高。她的特性在学生时代就已经形成了，就像一个人在年幼时老绷紧肱二头肌不放松，那么他的肱二头肌也就永远不得松弛，于是那臂膀也就像死人的臂膀。老这么紧张其实是不行的，总有一天会绷断。

据说，连艾娃老师都在教师办公室里挖苦莫丽凯老师。她们是两种截然相反的性格，所以她们两个经常是针尖对麦芒，互不相让，互不买账。可是，今天不带狗进教室汤米是无论如何做不到了。要是汤米此时打消拿狗同莫丽凯老师恶作剧的念头，那么鲁罗年、约尼、尤西就会折磨他半个月。

好在头两堂课太平无事，这样汤米可以好好想想。第一堂是圣经课，年轻的女老师华尔卡玛讲的课大家都很爱听，她解释得人人都能透彻理解。她特别善于逗引学生的好奇心，个个学生都听得钦佩不已，连鲁罗年都喜欢华尔卡玛老师了。第二堂是英语课，汤米希望这堂课千万别发生任何事。不管怎么说，艾娃老师是大家最敬重的老师。可她总是非常紧张。

开始谁也不希望出乱子，不料后来还是出乱子了。

事情是这样的。

尤西的妹妹扬娜从书包里掏出一个橙子，等艾娃老师转身去写例

子时，扬娜从全班人头顶上方把橙子扔给哥哥尤西。小姑娘扔得太慌，结果没扔准，并且用力过猛了。要不是约尼，这橙子准得砸在窗玻璃上。约尼算是反应敏捷，见橙子飞过来就伸手去接，可还是没能抓住像炮弹一般飞过来的橙子，只是手指尖碰了一下那橙黄色的球体。

圆球由于约尼的指尖而改变了飞行方向，啪地打在了距艾娃老师一米远的黑板上。

英语女老师敏捷地转过身来。大家猜想，这下女老师不是气得发傻，就是要操起教鞭来打此刻正扬手抓橙子的约尼。

艾娃老师气得频频喘气，脸一阵红一阵白，她在拼命克制自己不要发作。汤米从来没见过这种狂怒而不可言喻的眼神。

"我说明一下……"扬娜要解释。

"安静！"艾娃老师的一声怒喝使扬娜的话一下卡在了喉咙里。

女老师走到了约尼跟前。

"我好像早就在等这一招了。"她从牙缝间隙挤出话来，"我能从一个在一所学校里三个月都待不了的学生身上指望什么呢？为什么他们不立即把你送到劳动教养营去呢？"说到这里，艾娃老师的嗓门提高了，"我不知道，是什么人竟想象力如此丰富，还企图把你这样的人培养成社会的有用人才！你这样的人放在正常的人们中间都是一种危险！怎么样？难道你还不明白吗？人们难道不该把你这样的人剔除出去？"艾娃老师指着约尼说，"要是你以为我怕你，那你就错了！没那回事儿！"

"我也不怕你！你爱怎么嚷就怎么嚷吧！"

艾娃老师的脸唰一下变白了，她好像有生以来头一回碰到这样的难题。她的手指快戳到约尼的脸上了。

"你要是以为我会在像你这样的学生身上耗精费神，那么你又一次错了！健康的社会不得不为自己分离出来的渣滓操心，但从来不把管理社会废物当作自己的主要任务。"

"约尼并不是有心要把橙子摔到黑板上去的。"鲁罗年说。

"是有心不是有心，这又有什么区别！"约尼大声说，"你还是不说的好！"

艾娃老师是很有头脑的女子。要是在正常情况下，她一下就能从鲁罗年的话中清醒过来，可此时此刻她不能。大家怔怔地看着鲁罗年，看他有什么反应。鲁罗年眼望窗外。

"哦，鲁罗年先生看窗外看得这么出神，"她挖苦地说，"你要跳窗还是怎么的？"

全班同学哗一声笑起来。鲁罗年一定发觉大伙笑的是他。

"跳窗不跳窗，这是我个人的事。我又没有提出来问你：你丈夫的腿是在什么地方摔坏的！"

艾娃老师的脸一下变得灰暗了，她的嗓音也变了。

她说："鲁罗年好像和一个外校来的好汉做盟友了……我们倒是要看看，你们两个当中哪个当学校霸王。"

艾娃老师把她的恼恨和怒火全压缩在这句话里。这句话颇耐人寻

味。她估量局势，拼命往怒火上浇油。可是她却返回到了黑板前，又回头扫视全班学生。

"我对愿意在这个班里好好学习的同学说句话：别泄气！别让这样的老鼠屎坏了咱们学习的空气。相反，还是要一如既往努力用功。在我们这个国家里，谁舍得下功夫，谁就会有出息。你们犯不着跟在这样的人屁股后面跑。你们升上了高级中学后，就再也不用跟这样的人相处了，不过那还得你们将来不当教师。"

艾娃老师在一片沉寂中转身走到黑板前，继续讲起课来。

"我受不了了！"约尼痛苦地说，"这里的老师同别的地方的老师没两样……到处都是这样，找几个学生做替罪羊，把所有的坏事都往他们身上推，把一切脏水都往他们身上泼。这样的替罪羊首先就由刚转学来的学生充当。"

"你总得向她解释清楚才好。"尤西心情沉重地说，"或者让我来说清楚更好。扬娜的橙子是扔给我的呀。"

"是的，我将来是要向她解释清楚！"约尼怒气冲天地说，"这会儿她还不想弄明白，因此我说了她也不会明白的。只要我不死，我便总要向她解释清楚的。"

第二节课终于完了。

"现在去把狗弄进教室里来，着手准备表演。"鲁罗年没有打消原来拿定的主意。

"咱们怎么干？"尤西探问道。

约尼、尤西、鲁罗年、汤米和罗依五个站在木板垛旁。

"从校园中间走，罗依会被人发现。"汤米慢条斯理地说。

但是鲁罗年说人倒是不会发现罗依，值得担心的是学校门卫的那只警犬。幸好，警犬里塔被关在狗棚里，要不，它看到罗依准会大叫不止，那样倒真是容易引起门卫的注意。

他们，汤米、约尼、鲁罗年和尤西，沿着教学大楼墙脚走，直走到他们教室的窗下。他们停住时，约尼看了看汤米眼中的表情。

"难道说你还想变卦吗？"

"你不用担这份心。"

"那么好，干！"

约尼、鲁罗年和尤西三个蹲下身来用肩膀架成一座桥，罗依轻盈地一纵身，跳上了他们的肩膀。狗困惑地瞅了瞅汤米。汤米对它说了句鼓励的话，于是它一跃，前脚就挂住了窗台。罗依猛一提身子，再使足劲儿一纵身，就站上了窗台。

"得上去看看，罗依在那上头怎么样了。"汤米说。

鲁罗年把双手背在身后。

汤米扭头看了看教师办公室门口，看有没有老师在那儿出现，接着就踩上鲁罗年背在身后的手掌，另一只脚一跨，就上了窗台。

这狗身竟这么大，差不多把整个窗口都塞住了。它在等待汤米让它往下跳的命令。汤米向狗指了指堆放在课桌和墙壁之间的书包堆，命令它跳到那儿等着他。狗跳了下去。它感到很奇怪，不明白这究竟

是为什么，不过它只犹豫片刻，接着马上领会了主人的命令。罗依按主人的嘱咐在原地静静蹲坐。

"我这就下来。"狗摇晃着尾巴借以告诉主人：我听到主人的命令了。汤米从同学的肩上跳进了教室。然后，墙外的一伙又经过弯曲的小道来到了校园里。鲁罗年得意地说："一切都进行得十分顺利。要是罗依有足够的耐心悄没声儿地蹲在原地不动，那就是说，将会有一个小小的意外等待着莫丽凯了。"

"罗依会有这份耐心的。"汤米替罗依担保说。

"好纳闷，"汤米寻思，"他们没说定罗依在教室里扮演什么角色。这狗能做些什么呢？不过这并不太重要。最最重要的是我们能来个什么新鲜的创举。"

平常最喜欢讨好老师的男女学生陆续走进教室，他们全一反常态，守口如瓶。汤米已经感觉到，全班同学在这件事情上无一例外地同心同德。莫丽凯老师一进教室，大家就各就各位。

今天，这个头就开得好——全班一致，滴水不漏。

尤西和扬娜在教室门口把莫丽凯老师缠住，使女老师不去注意汤米，让汤米来得及在自己的座位上坐定，并把狗安顿好。

接着，汤米把几个最大的书包盖在狗身上，筑起壁垒，挡住女老师的视线，使女老师从讲台上看不到毛茸茸的狗身，至少不能让女老师一扫视就把狗给发现了。为了更保险起见，鲁罗年和三个高个儿还采取了补充措施——他们四人都换到前头边上去坐。

当莫丽凯老师在讲台后面坐定，摊开她的点名册和讲稿时，汤米大大松了一口气。

将狼犬罗侬偷偷弄进教室，弄到数学课课堂上来的事大功告成了。

莫丽凯老师在点名册上给未到的学生标上"×"，这时全班的情绪已不紧张了。大家都约束着自己，谁也不扭头朝汤米的方向看，只偶尔迅速地瞟汤米一眼。大家用微笑或使眼色暗示他可以开始进行事先密谋好的事了。过了好一阵，还没动静。这密谋好的事还干不干呀？

班上的闹将们和其他同学平常太缺乏沟通。班上各类学生之间共同点太少，不易想到一块儿。这一点艾娃老师说得可是一语中的，不希望升学的同学和要升学的同学之间确实没有多少一致的地方。希望升学的同学又因争夺名次而纷争不已。比如，卡丽塔恨透了乌拉梅娅，简直恨得咬牙切齿。卡丽塔对乌拉梅娅的一切都嫉妒——嫉妒她游泳出色，嫉妒她姿容妩媚动人，嫉妒她灵睿之智，嫉妒她受到男生们的青睐……

有专长的同学各有自己的想法。譬如说吧，同学们就知道埃沙在想什么。埃沙四岁时就知道自己的目标是拉好提琴，那会儿他的父母一个劲儿要他学拉提琴。而今他知道自己应该成为出色的体育运动员，他为此而专心致志，发愤进取。大家都笑话他的这种变化，不过不管怎样，大家还是敬重他。要是尤西有埃沙那样的体魄，他就能参加下一届的奥林匹克运动会……用功学习的学生中有几个嫉妒埃沙，把他视为对手，虽然埃沙从不去同他们较量——他只是一方面锻炼身体，

一方面提高琴艺。

学习差的同学也有自己的想法。他们想，考不上高级中学，也得考上职业中学。面对着学校电脑里的名次，甚至学习成绩最差的人也懂得，要么扩大知识面，以求全面发展，要么收缩学习面，专攻几个学科。他们也明白：争取一个不太难堪的成绩对他们是多么重要。

见多识广的洋铁匠大爷对新近流行的公开考试成绩排名的做法大不以为然。他说："要是对成绩名次大肆张扬，要是一个人从小就把名列前茅作为唯一追求，那么，争夺名次的心态就会幽灵似的紧紧缠绕着他，就像是跳高运动员那样，终日为高度所胁迫，没有安宁之时。"

洋铁匠大爷常说起一个电视里看到的故事。故事说在太平洋的某个海岛上，岛上的人为了练胆子，就把自己用藤索拴在小船里，让浪尖举到九层楼那么高，然后随浪峰倒跌下来。

"我们如今也是这样。"大爷低声怨道，"那些绳索最不牢的摔得粉身碎骨，有的人摔得脚残手断。而绳索牢的没被摔死或摔伤，他们总是整天沾沾自喜，夸耀自己选择的方法正确，夸耀自己的水平高超。他们有的人当上头目以后，还陶醉在自己对自己的迷信之中。"

洋铁匠大爷的结论就是如此。

罗依躺在那里一动不动。当然，对它来说躺在这样的地方还是第一次。它感到一切都异乎寻常，不过它闻到坐在座位上的汤米的气息，它为自己的主人就在近旁而感到踏实。

什么时候莫丽凯老师会发觉狼犬呢？

汤米一开始就认为，莫丽凯老师应该很快就会发现罗侬。他希望趁没下课能看到莫丽凯老师发现狼犬会是什么样的神态。他的心灵深处隐藏着这样一个诡谲的想法，希望狗赶快叫起来，好把莫丽凯老师吓一吓。另一方面他又觉得光这样吓吓女老师没多少名堂。因为有的人很怕狗，有的人则天生不怕狗，就像有的人天生喜欢音乐，而有的人则对音乐毫无兴趣一样。

得想个让人们感兴趣的主意……又过去了好几分钟，汤米分明感觉到全班玩恶作剧的信心已经低落下去。似乎什么都不会发生了。

莫丽凯老师在黑板上给学生解两道题，是两道学生在家庭作业中都没能解出来的难题。这时，心里发急的几个人频频往汤米和罗侬方向看。两个男生呜呜汪汪地学着狗吠叫的声音，让罗侬竖起耳朵，窸窸窣窣动弹起来。

鲁罗年转过身瞧瞧身后，说："怎么样，现在干？"

"现在干"，干什么？大家正等着看罗侬在鲁罗年的摆布下能弄出点什么名堂来。

汤米构思着一套把戏。他才想了个大概，可还没想出头一招该怎么弄。谁也没正儿八经想过，他们究竟想达到什么目的。

汤米一看自己身后正好是个空座，于是一下来了主意。

"鲁罗年，还有谁，来两人，这儿，到前头来，让狗趴到这课桌上！"

莫丽凯老师听到身后有人小声儿说话，可没疑心正发生什么事，所以连头都没回："这两道题我最后讲一遍。谁要不想听，那就不听，

不过不要吵闹，别妨碍想专心听课的人听讲。"

鲁罗年和汤米相互交换了一下神秘的笑。鲁罗年爬上了课桌，背朝讲台坐下。另外两个男孩子照他的样子也背朝讲台坐上课桌。

狗被弄到空座位上，让它的前腿在桌面上趴着。开头这一下干得非常顺手，可以说再好不过了。汤米从座位上向狗弓下身去。

"哎，哎，老哥儿！静静地趴着！咱们马上闹个把戏出来，开开心！"罗侬低下头去，仿佛已领会了汤米说的话。

"没什么，老哥儿！"汤米对狗安慰说，"这教室里人是很多，不过他们不知道咱们要干什么。"

罗侬被汤米披上了尤西的粗毛呢短上衣……瞧，汤米往它脑袋上扣一顶鲜艳的红帽子，帽子上垂着一撮缨子，这是皮亚里的帽子。狗向上翘着的双耳被帽子压了下来。狗顺从主人的摆布，坐定在那个空位上，尽管稍嫌挤了点，因为狗的身架太大了。

"坐好，罗侬！"

汤米回头看了看鲁罗年，鲁罗年的脸上浮现出满意的微笑。

"墨镜！"汤米要求说。

鲁罗年平常可稀罕他的墨镜了，把它当宝贝牢牢收藏着。这是旧货摊上买来的瑞典货，大人物架着它怪神气的，鲁罗年戴着也非常合适，那模样还真有几分电影明星的派头。说实话，鲁罗年觉得戴上它怪风光的。可鲁罗年这会儿二话没说把墨镜爽快地递给了汤米。

当汤米把墨镜戴上罗侬的狗脸，把眼镜那弯成小弧形的双腿塞进

罗依的帽檐时，狗龇了龇牙。但它依旧好端端地坐在座位上，一声不响。

"男同学，都回座位坐好！"莫丽凯老师说话的声音同平常没两样。

要是莫丽凯老师说完这话就回身转向黑板，继续解她的题，大家都会听她的话认真坐好的。可是她接下去却喋喋不休地唠叨开了，她也知道有的学生没有听她讲课，所以她开始了一通长长的训话。

事情就在这时发生了。

她这次训话，大家都乖乖地听着。大家很想看看莫丽凯老师发现狗趴在课桌上以后，她脸上的表情都会起些什么变化。

女老师训话的声音简直带着哭腔了，泪水就要从她的眼眶里滚出来了。"你们都差不多是大人了，难道你们不理解，这教学于你们于我都是工作。既然是工作，就得按部就班地去做好。咱们应当完成好咱们的任务，我呢，要对此尽责……而你们对任何事情任何人都不负责任！"

难道莫丽凯老师没有发现罗依？

尤西确信莫丽凯老师讲着讲着就来了劲儿，忘乎所以，自己被自己的训话所陶醉，她会达到双眼前视却什么也看不见、耳不失聪却什么也听不见的程度。可能，就这样……也可能是坐在前排的高个子男同学挡住了罗依，从讲台前看，只看到垂着缨子的帽尖。

同学们再也忍不住了，一个接一个地转身来看罗依。汤米也频频把身子向后转过去。大家用欣赏的目光看着像模范学生般趴在课桌上的狗——身上披着短上衣，头上扣着红缨垂挂的帽子。鲁罗年的墨镜

起码遮盖了狗的半张脸，它从帽子下面看着前方，的确让人很难分辨出那课桌上趴着的是一条狗。

"嗨，它同我们学生有什么分别？"约尼问。

"像个学问家，要多像有多像。"卡丽塔说得很俏皮。

可得让莫丽凯老师看到才行呀。她还在数落着，接着她在全班的哗笑声中大步从黑板前走向头排课桌。

这时，她看到了罗依。

莫丽凯老师呆立在原地不动了，像是刹那间成了一块化石。窘迫和困惑交替出现在她脸上，像电视屏幕似的频频更换着镜头。

"你们，这太过分了！"

莫丽凯老师大张着嘴，上气不接下气，似乎被气噎着了。她一副可怜相，全然失去了幽默的感觉。

"我要把你们的恶作剧向校长报……"

这时，传来一阵叩门声。同学们全愣了。

叩门声第二次响起，比前一次更响。接着门把手旋动起来，门大开了，门口伸进了一张脸。是校长！全班同学都站了起来。

校长伸出一只手，做了个"请坐"的手势，让站在走道上的人先走进教室，他自己让在一旁。两个陌生人走进了教室。

汤米手脚都吓软了，一时不知所措。可他很快就镇静下来，接着马上以非凡的速度采取行动：他一把将罗依推下课桌。快捷，无声。在这非常的时刻，他一定不能惹恼罗依，不能叫罗依发出声来。汤米

够难办的了。

"罗侬，躺下，轻轻躺下。对，就这样……好样儿的，老哥儿！"

罗侬听从汤米的吩咐躺回原来的地方，躺到第一排课桌与墙壁之间，这里的书包堆、衣、鞋等挡住了人们的视线。汤米在同学起立的时刻干完了这一切，所以谁也没看见。

汤米不慌不忙地猫着腰用短上衣把狗遮蔽起来，然后坐回座位。

鲁罗年飞快地把书包垒成一座小山，正好把躺在衣服下的狗盖好。

汤米和大家一起在座位上坐好，向约尼和尤西点了点头，用手掌做了个动作，向他们示意：第一个危险已经过去。

在大家一片起坐声中，汤米没听见校长怎样介绍了来者，他只晓得这两位陌生的"天外来客"是教育局的要人。校长恭恭敬敬请客人坐下，但他们只站在门口。

一切危险都过去了，就是莫丽凯老师还僵立在原地不动，她带着难以形容的怪异神色在校长介绍客人时把手伸向客人，同客人握手。

莫丽凯老师可能会把一切都给弄糟的。她神情慌张的目光落在汤米身上。

她能猜度到汤米的意思吗？幸好，她看出了汤米他们已经配合她把狗安顿好了。莫丽凯老师如梦初醒，转身向着黑板，接下去把没解完的难题解下去，并且详细进行解析。

她讲题很拿手。这一方面，学校的老师们都挺棒的。这个学校的老师们干起工作来哪一个都没得说。外来的客人听莫丽凯老师自信而

清晰的解析，甚至不能想象她训起人来简直是个唠叨婆。为什么她管起学生来不能如她讲数学这么地道呢？

汤米提心吊胆地把目光斜向一边，并微微向后转身去看狗。狗在衣服堆里隐隐约约透出可怜的架着墨镜的狗脸来。

"好样儿的，老哥儿……"汤米压低嗓门说，"躺着别动！"

汤米转脸往门口看去，看见一个教育局的学校督察员（总是这一类人物吧）悄无声息地走向第一排课桌的窗口。

三十八双眼睛随着他的身影转向那危险地带。从全班同学的坐姿和脸上的紧张表情看得出，全班人无一例外地都希望千万别出事。

这督察员走到那边去干啥？当莫丽凯老师看见学校督察员向狗走去时，她响亮的嗓音发颤了。可是她依旧坚持着解题，这时，控制自己需要一种神奇的力量。汤米不能不赞赏数学老师竟有如此难能可贵的修养。督察员走近头排课桌，他擦着课桌边走动时，眼珠一转一转地看着黑板。

鲁罗年的脖颈涨得血红，他的心阵阵发紧。

要是这陌生人再向罗侬走近，罗侬会怎么对待这个陌生人呢？

汤米用手遮着嘴，小声儿说："罗侬，躺着！别动！"

督察员穿一件带条纹的青灰色西装，衣服熨得十分平整挺括。汤米看他裤子笔直的褶印时，陌生人正好向他看过来。

"罗侬，别动！"

督察员站在汤米坐着的那个窗口，他的脚同狗嘴之间只有半尺多

一点。当然督察员不细看是看不到狗嘴的，因为鲁罗年垒的书包堆恰好把他的视线挡住。汤米侧耳聆听着，看狗是否从胸口发出猜猜声来。

"罗依，别出声！"

但愿督察员听不清汤米对狗说的话。当然督察员是不会听不见汤米的低声自语的，他甚至看了一眼汤米。他一定以为，这个学生神经不太正常，所以没有理会他。这位督察员身靠窗台，就这样半倚半站着，纹丝不动地听莫丽凯老师讲课。

汤米的心怦怦直跳，脑袋都快炸了。有这样的狗吗，它能支持莫丽凯老师把课讲到底，什么事儿也不出？莫丽凯老师不停地讲解着，把不速之客的注意力全吸引到她的解题上来。很难相信她今天能万无一失，然而她确实也不是只会在一些鸡毛蒜皮的小事上喋喋不休的唠叨婆，她是有真才实学的女教师。可是现在整个教室里只有一个人在解题，这不正常，解题本当全教室所有的人都动脑筋。汤米根本没有解题的心思，因为他要控制自己已经力不从心了。

好了，莫丽凯老师把第二道题解完了。

"谁还有什么问题吗？"

谁也没有举手。这是不言而喻的：不是会不会做的问题，而是全班的心思都不在解题上。这时候谁能集中注意力呀！

但是站在窗边的督察员说话了，他的声音低抑而沉稳。他的话虽然说得很厉害，像宣读死刑判决书似的，可是听起来还不刺耳。

"好极了！"督察员赞赏莫丽凯老师说，说得女老师脸直发红。接

着他转身对全班学生说："好，现在谁接下去演算，假定 A 加上 8，B 减去 2？"

汤米听得魂不附体。瞧，督察员抬手在空中转了转，用食指随便点了个学生。点到谁了？点到了约尼！约尼莫名其妙地瞪大双眼看着督察员，然后转眼看黑板，好像要避开那指向他的手指。

这可怎么办？

约尼做出不想上黑板演算的样子。不过他坚持不住，他总得开口说话……

督察员正等着呢！督察员的手指依然指着约尼。他的身子微微前倾，眼睛紧盯着约尼。

在门边站着的校长已经摇起头来了。

可怜的莫丽凯老师完全被恐惧攫住，无助地望着约尼。

令人窒息的沉寂笼罩着整个教室。埋在书包堆里的罗侬只要稍微发出一点声息，站在它身边的这个陌生人就会注意到它。

这时约尼站了起来。

可是他不走向黑板，而是向穿青灰色西装的督察员那边走去。

"第一道题的得数加到 28，第二道题的得数减到 4。"约尼对督察员说。

督察员的脸拉长了，像是哈哈镜里的脸。他惊奇地看着约尼，随即站直身子。

"罗侬，不许动！"汤米小声嘟哝了一句。全班的目光都投往督察

员身上，大家都在等着督察员说话。然而督察员就不开口。他从过道走到莫丽凯老师身边，再走到黑板前，拿起粉笔演算起来。

这位督察员对数学教学的内行绝不亚于莫丽凯老师，他算得那么快，就像在做速写笔记似的。

大家像吃了催眠药似的呆视着黑板。终于第一道题的得数出来了，结果是加到 28。督察员大声地说出了得数。

"第二道题的得数是减到 4。"莫丽凯老师说，"我已经算出来了。"

不知道这会儿罗侬是不是在注视约尼，如果它没有，那么此刻它就是这个教室里唯一没有注视约尼的了。大家都为约尼感到惊诧。

"你的才能可以说是十二分惊人。"校长从门口传来话音。

"毫无疑问，"督察员说，他把粉笔放回黑板槽里，"辉煌的成功！"

这时，响起了叩门声，门立即开了。校长秘书走近另一个客人说："请原谅——教育局顾问请你接电话！"

"谢谢，我这就去。"站在校长身旁的客人说，接着他转身对莫丽凯老师说，"祝贺您，教师女士！你们班的数学学得很出色。祝大家春天愉快！"

客人走了，全班同学起立欢送。门一关上，全班就高声欢呼起来。

震惊不已的汤米睁大双眼看着莫丽凯老师，她也和大家同声欢呼，她其实跟他们是同呼吸共命运的。欢呼三次后，全班静了下来。

这时莫丽凯老师睁大双眼看着汤米。

"你怎么做到了让狗静静躺着纹丝不动的？"

汤米用手梳理着狗毛，允许它从衣服下站起来。汤米说："事实证明我们两个之间是相互信赖的。我的狗明白，必须躲着不出声，而且不用问这是为什么。"

莫丽凯老师依旧目不转睛地看着汤米。她的双唇翕动着，像咽下什么似的。她喘着气，用低沉的嗓音说："你们知道吗，咱们之间有这样的依赖和默契，我就全放心了！"

她最后的一句话说出来时，声音已经微带哽咽。她说完就走出了教室。

第五章　课余时光

　　这一个星期六，只要能去的人，都弯腰滑雪去了。汤米打算好好去滑雪的，可是睡过了钟点。为这，他还同母亲大吵了一架。

　　"过去你每天早上，不管应当不应当，都来掀我的被子，而我打算好好去滑一回雪，你倒是让我睡到晚上！"要不是父亲用威严的眼光从报纸上投射过来制止他们，母子俩还会一直争吵下去的。

　　汤米要去滑雪，母亲就故意不叫醒他，哪怕事先答应了也不叫醒他。今天他是迟了些，但还可以骑车赶往滑雪场。他把冰球球棍、冰球和其他各种球——他所有的装备都带上，因为他不知道同学们今天都在玩什么。结果他带去的一切全没用上。先是球手不够数，后来住在塔楼群里的亚克修和另外几个人来了，可以玩了，却来了一支青少年球队。球队教练宣布现在是他们的练球时间，把汤米他们全给赶了出来。

　　当汤米带上他的全部装备骑车回家时，他的心情就很不好了，他不想见到人，好几个钟头都不想看到任何人。

　　他在自行车上慢腾腾地向回家的街道骑去，在最后几棵杨树下站

站停停，上街后又东张西望，边骑边看，从街这头看到街那头。

汤米使劲踩了几下踏板，来到了洋铁匠大爷的作坊，就拐进了大爷的院子。大爷在做洋铁活。徜徉在这里像游览摩纳哥的蒙特卡洛(世界最著名的豪华赌城，也是著名的游览胜地)，四处光华耀眼。这里只听得一片呼呼隆隆，咚咚哐哐，吱吱嚓嚓，再就是洋铁匠大爷本人的咒骂声。

"大爷你这是做什么呀？"

"做个烧洗澡水的炉子。"

一老一小每次见面总是这样：把上次没说完的话茬接下去，下次来再接下去，仿佛他们压根儿就没分别过。

"你会烧着自己吧？"

"烧不死我就是了。"

"你一定觉得疼吧？"

"还用说，总有点疼的……我已经习惯了……"

洋铁匠奶奶打开厨房窗喊老头吃饭。幸好她没发现汤米的自行车，他们老两口爱喝鱼汤，而汤米对鱼汤却不喜欢。

"老头子，别干啦！"洋铁匠奶奶叫着，"今天星期六还……"

"焊完这条接缝就来！"洋铁匠大爷大声应道。

汤米思忖着洋铁匠奶奶的话，对大爷说："天气这么好，牺牲这样的星期六来干活，值得吗？"

"当然不值得。"焊接处喷起一片火幕，强光刺疼人的眼睛，"税收

员今天要来取货。这税收的用途包括你们学校的开支！"

四溅的火花伴着老人的话音。他干活这样卖劲，自然也就有权利要所有的学生竭尽全力求学……

汤米觉得他应该悄悄从这里走开。洋铁匠大爷兴致勃勃地谈论着税收，很快他又将话题从税收扯到了议会和议员们的种种丑闻。

然而这会儿，他又把话题停留在学校的事情上。

"你的学习成绩把学校的总分都拉下来了！"洋铁匠大爷站起身，关掉煤气罐，把它搬到墙边。

汤米帮助他搬。

大爷又回到火炉边干起来，干得一板一眼，从从容容。

"你努把力，再上两个等级该可以做到吧？"他没完没了地说着汤米的学习成绩。

"我想可以的。"汤米肯定地说，考分低下的隐痛开始压迫他的心胸，"我各方面都在提高。同一年前大不一样了……你没听说？"

大爷站直身子。他的眼白都被烟熏黑了，脸像黑种人，显得特别大。

"你自己也知道，你有了罗侬之后，它寸步不离跟着你，像猪一样拱你，向你眨眼睛。这种情况下，学习成绩不差才有鬼！"

汤米问大爷："那我该怎么办才好呢？"

大爷咝咝地抽着烟斗。他卷起袖子。"你什么也不用办……你这年纪该做什么，你做好，就行了。人都是这样的……就像铁片放到冲床噔地一冲，拿出来就成型了。无论多细碎的金属片，经冲床一加工就

都能成为一样有用的物件。而那些未经冲压的，它们还是无用的金属片。"

洋铁匠大爷把他的黑手一抬，汤米的鼻子上就留下了他的一个食指指痕。

"造就一代人也跟这冲压加工一个理……谁要是在这加工的时候糊里糊涂，不跟多数少年一样去接受加工，那么他准定就成不了才。错过了这机会，他将来还得接受加工的折腾，一遍又一遍，那样，他的苦头就有的吃了。"

"现在都已经这副模样了，我该怎么办好呢？"

洋铁匠大爷嘿嘿一笑，说："人要是自己把握得了自己，那么他就没有想做而做不成的。世间无难事，只怕有心人。别泄气……如今不是天天在宣扬：芬兰人不应该哭泣，不应该屈膝，这并不是说，以前哭泣的芬兰人就再也坚强不起来了。"

汤米走到作坊门口又停了下来。

院子里，阳光刺得他一下适应不了，他先在树荫里站一会儿。

大爷站在他身旁，是那样出奇地壮实而有力。要是汤米想推他一下，他一准像一座大山似的，纹丝不动。

大爷友善地拍着汤米的肩膀。

"吃饭！你奶奶已经给咱们煮了美味可口的鱼汤。"

汤米摇头说："我闻着鱼汤的味儿就难受。"

大爷微微一笑，弯腰对汤米说："你倒是把这话说大声点，让奶奶

听听。”

汤米握住了自行车龙头。

"我不敢！"他笑笑说。

大爷放声笑了起来，汤米在他眼中读出了对自己的关切之情。

约尼骑着两边挂着空报袋的自行车，迎面过来了。

"星期六、星期天，我跟送《京报》的人对换。"约尼解释说，"《京报》一星期就送这两天。"

他们两辆车并排向前骑去。

"约尼，你挣来的钱都怎么花？亚克修，这是塔楼群里的一个同学的名字，他买了一辆轻便摩托车，'猴牌'的，他的父亲给了一半的钱，另一半钱是他自己挣的。"

约尼的牙长得很好看，又坚实又漂亮。他张大嘴巴时，牙齿就耀出光亮来。

"我对摩托车毫无兴趣！"

汤米想问他对立体声收音机有没有兴趣，但话到喉头又没出口，因为正在这时，汤米看见罗依从屋角向他飞奔过来。

狗一路疾奔一路汪汪大叫，跑得越近叫得越欢。

"狗怎么啦？"约尼问。

这么高大的狼犬，约尼看了不免心头发怵，所以怯生生地将朝着狗那边儿的脚高高抬起。约尼认为要是罗依想拿他的脚当点心，那么他这样抬起脚，它就咬不到了……

"约尼，你既来到了这里，就进我家玩玩吧。我家里总能找到点吃的……"汤米说。

约尼有些犹豫。

"过半小时，我就得回家。我说好在半小时后回家吃饭的。"

"那么你先到我家吃点东西，然后我同你一道到你家去。"

约尼点点头。

"去吧！"

"好，咱们走！"

他们把车踩得飞快，直奔汤米家而去。罗依跑在前头。

到汤米家一看，似乎再到约尼家已不值得，因为汤米母亲已经烤好了点心。点心的香味连前厅都能闻到。

汤米把冰球棍和其他体育用品一起扔进了贮藏室。

走进室内，汤米看见父亲已经吃过午餐躺下休息了。

"这是约尼，我同班同学！"

"坐吧，同汤米一块儿吃。"汤米母亲一边愉快地说，一边收拾餐桌，"够你们两人吃的。"

"谢谢，我回去吃，刚好骑回家赶上吃午饭。我等着汤米，我们俩一块儿去。"

汤米坐下，把香肠夹进点心里。

"约尼，你别绕弯子，这样的吃法每个正常人都会的。这样吃可香呢。约尼……或许你喜欢到房间里听会儿音乐。戴上耳机听，因为我

父亲睡着了。那边有一盘林达的新带子。你要听欢快的，那么有勃尼的带子。"

"你别为我忙！"

"我吃快点……那么，你喝点果子露，这种你喜欢不？我吃完两块夹心点心就走。"

母亲生气了。就让她生气去吧！她总去做些他不吃的东西。直说吧，她不必花时间去做夹心点心，因为汤米站在食品铺子前就能吃掉两根红肠。

约尼坐在厨房里，端到他面前什么，他就吃什么。

好了，吃好了。那么就赶快出发。汤米向罗依扔了两截大灌肠。罗依实在太馋了，流着涎水，却不走到餐桌边打搅汤米用餐。不能让狗到餐桌边来吃，不能让它养成讨吃的习惯。

汤米母亲虽不嚷嚷，但她很想从约尼那里探问她想知道的情况。接着她惊讶地问："你们两个原来过去不在一起读书呀？"

要是汤米的嘴不塞满食物，他母亲向约尼提的问题可以由他来代约尼回答。等汤米喝过牛奶，他已经不能代约尼回答了。

"我是几个星期前才转到他们学校的。"

"你们家离这儿有多远？"

汤米心里说："女人的好奇心实在太有害了！"

"离这儿很不近哩。在果园区的一个棚屋里。"

母亲睁大双眼，吃惊地瞧着约尼。

"怎么？那样的棚屋里住一家人？"

"你这是对约尼进行口试哩，妈妈？"汤米站起身，把最后一口食物咽进肚里。母亲和约尼都没听见汤米的话。

"我在那里同我的奶奶住，就是我父亲的妈妈。"

这些连汤米也不曾知道！母亲脸上的表情，就像是"救救孩子"协会成员似的。每当汤米看到这副脸孔，他就想逃得远远的。

"奶奶喜欢你吗？"

"狗食还不够！"汤米站起来，"审问结束。走吧，约尼……"

母亲接着问："约尼，你的父母出什么事啦？你家在银行里有很多存款吗？你有自己的名牌货吗？父母有名望吗？"

"我的父亲死了，母亲改嫁了。"

"要这样，"汤米把约尼向前推了一把，"咱们出走。没商量！"

"汤米！你都说些什么？我……"

"罗依，过来！"

罗依呜呜叫着从拐角转出来。约尼一声"再见"之后，就再也听不见汤米妈妈说什么了。

"也许，你得同妈妈说清楚才好吧？"约尼问。

"她呀，她什么都想知道，像警察查户口似的。"

虽然汤米对母亲的警察式探询感到恼火，但还没忘记跟刚刚回家来的邻居莎莉年大娘和玛尔凯打招呼。汤米迅速骑出院子，上了街，罗依在汤米旁边跟着跑。约尼紧紧追随而去。

散布在果园区的旧棚屋，说实在的，看着别有一番意趣。它们小得令人难以置信，但是又让人感到奥妙无穷。房间虽然小得像玩具似的，还好，床可以靠墙放下。

这些棚屋当时是设计用作夏季避暑房的，但是在战争时期，炸伤的人们被送到这些棚屋的地下室。有些棚屋里如今整年住着人，主要是老人。虽然这些棚屋对于老人居住并不十分合适，可是这里不是谁的私人产业，因而没人干涉他们在这儿居住。

这些棚屋中以沿蒂蒂年运河而建的为最好。这里的风光能勾起人们许多美好的记忆：乡村的小桥流水，小巧的浴室，别致的谷仓。

约尼和奶奶住的是一幢两层楼的房子，还带阳台。

"头一眼看见这些小巧玲珑的房子，我简直不能相信自己的双眼。"约尼一边对汤米讲，一边把车停在门口，"这小屋完全像从童话里搬出来似的。当房管局的官员把这房子指给我看时，积雪都几乎埋上了阳台。"

"我记得，过去这一带是不住人的。"汤米点了点头，"隆冬季节，我滑雪曾不止一次经过这里。在这里滑雪，就跟滑冰差不多。"

"为了把小屋从积雪中扒出来，我整整花了一个星期，接着生起火来把屋里烤干，好把我奶奶接到这里来住……"约尼瞅了瞅汤米说，"她瘫痪了，压根儿不能走动，连厕所都上不了。"

汤米圆睁双眼注视着自己的这个同学。

"不过，我奶奶总不愿烦我。我知道她疼痛难忍，可我从没听见她呻吟过，更没听见她叫过苦。"

汤米当然记得他今天出来前曾怨妈妈不该这样好奇，问东问西，可这时，他自己也忍不住问道："那么你为什么从乡村搬进城里来呢？"

约尼的下巴抖动了一下。

"他们开始还供我奶奶吃饭的。我说的是我的亲妈和她的新丈夫。他们住房的产权本应属于我奶奶，我奶奶是在那房子里招婿招了我爷爷。可是我爷爷临死前立下了这么一个荒唐的遗嘱给我父亲——他的独生子，说爷爷一死，房产权就归儿子。我的父亲死后，我母亲很快嫁了人，这样，我母亲成了房子的主人，并且有遗嘱为证，房产权已改不回来。按遗嘱，奶奶终身由新的房主人赡养，可奶奶受不了他们没完没了的数落和指责……他们折磨我奶奶，把我奶奶折磨得死去活来，我奶奶天天哭呀哭呀，我终于明白了：他们是要把我奶奶早早地折磨死。于是我对奶奶说，咱们到别的地方找房子住。我们就这样离开了那个可怕的家。"

汤米的眼睛在寻找罗依。罗依跑过来颠过去在寻找着什么，它用鼻子嗅着周围的一切。瞧，它跑到了运河边。

"狗可能会惹出麻烦哩。"汤米不安地说。

"不会的，那边什么麻烦也惹不了。难道在我游水的冰窟窿里会惹什么麻烦吗？"

"什么冰窟窿？"

"我每次洗澡后都要到离这里十米远的一个冰窟窿——就是这么一个深水坑里去游水。就在那边，在运河里。河水非常清洁。"

这里的河水的确很清洁，汤米早就知道。因为夏天孩子们都在蒂蒂年运河支流的两个最温暖的河湾里游泳。

　　就算冰窟窿里没结上冰，罗依也不会冒冒失失跳进冰坑里去游水。约尼的目光突然亮了，像燃起了一团火。

　　"哎，我知道，咱们该干点什么了！咱们马上烧水洗澡，然后游泳。"

　　"这主意真棒！"汤米想问，"约尼能这样自作主张吗？"可转念又想起了约尼是一家之主，他有权安排这里的一切，并对这里的一切负责，便继续说道，"说干就干，咱们玩水去！"

　　汤米先去向约尼奶奶问好。虽然他们约好去游水，但此刻他们得为自己、为奶奶去做吃的。汤米去把洗澡间烧热。

　　约尼奶奶满头白发，一脸皱纹，她是这样整洁，简直就同电影里的那些老太太一模一样。

　　"刚到这里的那些日子，我可吓坏了。但人都能习惯于强迫自己去适应居所的。"约尼过了一阵说，"有时我捏紧鼻子跑到屋外去，我憋气憋得简直受不了。不过我时时记着一点，那就是十五年前我还不能自己上厕所，那时候，奶奶里里外外一把手，给我涮屎又洗尿布。她的儿媳妇——我的妈妈可娇呢，她忙过孩子就不能再忙尿布了。"

　　听约尼这么一说，汤米知道，他能同约尼奶奶谈得来。

　　汤米带罗依到外面去问约尼：洗澡得烧多少水？

　　"奶奶，你洗吗？你过会儿也同我们一起洗好吗？"

　　"我感冒，想睡一会儿。我倒是很想烫一烫身子。"奶奶在自己的

房间里回答孙子的问话，"你们男人洗吧……"

汤米瞅了瞅约尼。

奶奶不洗，好让他们洗得痛快些——奶奶是这个意思吧？

约尼用手指了指洗澡间，大声说："我们两个半锅水就够了。"

烧洗澡水不算件难事。

春意虽还淡，却已开始笼罩河岸。浴室檐头的冰柱渐渐融化，往下滴着水滴。汤米抱来柴火，往锅里舀上水，在灶里点燃了火。

罗依也在浴室周围瞎忙乎，那劲儿不亚于汤米。汤米进进出出它都跟着，跟着汤米去把柴抱来；汤米生火，它也低着脑袋细看。

"我知道，老哥儿，你是想做出一副很聪明的样子。"汤米嘲讽罗依说，"可你是城市狗，你只对闻柏油马路发现疑迹这类事内行！我干的这些你不行。你注意你的爪子该怎么摆弄！"

但是罗依不想看汤米干活，狗很想自己找事情做，然而它什么事也做不了——它的爪子一下陷进地板的木条间，它站的姿势根本不对头，你瞧，它前脚并拢，而后腿宽宽地向两边撑开。可罗依偏偏喜欢覆在浴室地板上的那层冰——冰又滑又冷，它觉得很好玩。

约尼来看汤米烧火时，烟囱已冒烟，火焰已在灶里两侧呼呼作响。汤米惬意地躺在浴室前的长椅上晒太阳，安享这里四周的宁静。罗依守在汤米身旁。

"喂，快来吃些炉子里烤出的牛排吧，很好吃的。我这可不是厨师总夸自己的菜做得好吃。"

约尼端着个托盘，里面有一个盘子、一个杯子和一个纸包。

"趁热吃！"约尼把托盘搁在汤米的膝盖上，把牛奶放在汤米身边的椅子上，同时把一个塑料叉子塞到他手里，"你吃吧，我拿冷煎饼来招待脸上长毛的客人。你说这样好吗？"

"很好！"

"要淋上些奶油吗？"

"我太喜欢奶油了。在家里，每次我都把它刮得光光的！"

汤米觉得好长时间都没吃过这么好吃的美味了。他甚至只顾吃，连说话都没工夫。他要在牛排冻上之前把自己这份食物吃光。

直到把盘子里的牛排吃光，牛奶喝光，汤米才大声把自己的意思说出来："真想不到，你竟这么会做吃的！"

"我的父亲是位很棒的厨师。我五岁就随父亲去捞鱼、狩猎，哪儿都住过。我们曾住在离屠宰场很近的一个地方。在那里，父亲教会我许多许多……可惜的是，他没能长久地做我的家庭教师。"

"他哪年死的？"

"他死三年了。那时我十二岁。"

汤米沉默许久，问道："你同奶奶过日子，一定很难吧？"

约尼的嘴角漾出一丝微笑。"也不太难。奶奶领取救济金，我捡废品、送报纸都能得钱。到明年夏天，我的这个家会过得有个样子了。到那时，我把窗户改造得保暖些，把墙壁裂缝补上，还要把这小屋的外墙都粉刷一下。奶奶在这里过得很好，差不多同她从前的家一样……

只要奶奶活一天，我就在这屋里住一天。奶奶不在了，我就到瑞典去。因此，瑞典语我要尽量学好。数学我也很喜欢，尤其喜欢心算。"

汤米心潮翻滚，约尼真是样样都行。目前他同奶奶过日子是难了些，他不能耽误上学又得忙家务，忙完了家务还得赶紧去送报纸……

"我不能再换学校，不能到离这儿很远的地方去上学，那样我就不能照料奶奶、送报挣钱了。"约尼认真地说。

"你当然会在这所学校读到毕业的。不过你不能卷入同艾娃老师和玛丽老师的公开战争。艾娃特强的自尊心使她不会对同她捣乱的人让步的。而玛丽简直就是个好斗的女人。"

"同她们作战应该灵活些，用用这个办法，用用那个办法……现在别让艾娃和玛丽来搅了我们周末舒服的洗澡。我想，水很快就烧开了。"

"好极了！我都记不清我多久没在这样的浴室里洗澡了。"

"咱们洗过热水澡后一定要到冰窟窿里去游游，好吗？"约尼问。

"那还用说！就是跟冰冻成一块也要去！"

第六章　溢水事件（一）

自从罗依和教育局的两位贵客同听那次数学课以后，莫丽凯老师和九年级三班的关系发生了出人意料的大变化。什么变化呢？很难说清。不过，汤米在物理实验室听莫丽凯老师讲解电的特性时就暗暗发誓：今后要好好听莫丽凯老师讲课了。

过去，对莫丽凯老师布置的作业大家都是在课间休息时抄抄就完了，可现在大家都做得很认真。汤米也是这样，不管弄懂弄通有多难，他都自己钻研自己做。他甚至把莫丽凯老师讲课的全部内容都一一记录下来。

女老师自己也好像看出全班学习风气变好了。她仿佛正高涨着新的热情，信心百倍。她很少教训人，也很少唠叨了。

"哎，有谁在吗？"

汤米打了个寒噤。从走道里传来校长的声音。

"斯托莱太太！斯托莱太太！"

大家都这样叫学校女秘书。

莫丽凯老师中断了讲课。外面发生什么事了？

校长的声音大得让一切都颤动起来。

“马上叫校工来，告诉他立即到我这儿来！整所学校都遭水淹了。”

莫丽凯老师过去把教室门打开，所以校长的最后一句话大家听得特别分明。女秘书斯托莱太太尖声大叫道：“天哪，出什么事了？”

“让校工把自来水总闸关掉！马上！”

坐在窗边的同学随莫丽凯老师到走道上看。

窗边的同学一走，全班同学呼啦啦一下都拥出了教室。

在走道上，汤米没看见校长。校长的声音是从礼堂那边的一条走道上传来的。

“什么地方着火了！”一个小姑娘惊慌地说，说得大家愈加慌张了。

“哈，快，发大水了！”约尼说，“准是那边的自来水管断裂了。”

“得去看看！”一个男学生煽动说。

莫丽凯老师一时不知该不该同意学生的要求。大家都在等女老师做决定。大家都希望这一节课不要上，让大家去看稀奇吧！

女秘书的回答毁了男孩子们想看稀奇的大好形势：“校工已经去堵水管了。”男孩子们都不由得长叹了一声。

“回实验室去，继续做作业！”莫丽凯老师说。

实验室里才平静了不多一会儿，又传来一阵急急的叩门声，随后叩门人便开门进来了。全班起立——进来的是校长。

校长一脸严厉的神色使整个实验室鸦雀无声。

在汤米的记忆中，校长的脸色是头一回这样严厉。

校长说话的声音和语调显得陌生了：“我希望干了坏事的男学生自

己出来承认！"可没一人举手，没一人开口。

"我知道，干坏事的人就在这个实验室里。多一秒钟的沉默就多一分罪责。"校长的目光扫视整个实验室。

汤米很受不了这盯视的目光，虽然他知道自己什么坏事也没干过。

说什么眼睛会出卖有罪过的人，无稽之谈。在这种情况下，哪个人都会失去自信的。谁都不说话。沉默加剧了全班的僵局。

只有霍尔麻不敢正视校长，当校长审视到他的时候，他像瘟鸡似的垂下了脑袋。但他不举手，一声不吭。

"时间在一秒一秒地过去。"校长提醒说。校长今年四十来岁，但看上去要老得多。他的嗓音里总透露着一种深深的劳累感。

"那好吧！咱们过会儿再说。但我不会不追究到底的……你们想一想，要修复得花多少钱呀，我估摸，得一千多马克！"

全班惊叹了一声。这简直令人难以置信。

"那边出了什么事？"莫丽凯老师惶恐地问。

这时从校长背后跑进来一个校工。校长转身看着他。

"水不再往校园里涌了。"校工说，"但近几天修水管的工人不能来，只好打电话给清洁女工了，请她们尽快来修。"

"好……最重要的是别让水再往校园里灌。"

校工走了以后，校长转身对学生说："男厕所里的泄水缸被打破了。水都往地板上溢，冷水、热水都从管子里往外哗哗地涌。水淹了厕所，淹了整条走道。打破泄水缸的人犯了过失也不给学校发一个警

报信号……你们的年级主任对你们说过他今天到哪儿去了吗？"

莫丽凯老师摇摇头表示不知道："没听他说起……可能，在家里能找到他。"

"我试试。"校长环视了一下物理实验室，说，"没有我的允许，谁也不许离开。"

大家又留了一节课。一个女生说话了："男厕所同我们有什么关系？不管怎么说，这总不可能是女生干的！可以先放我们回家……"

校长没说可以也没说不可以，自己走出去了。过了一分钟，有一个同学忽然想起现在应该可以坐下了，就坐了下来。

莫丽凯老师还是没坐下。她像对大家施催眠术似的看着大家。

"我真想马上跳起来，叫起来……"莫丽凯老师的嗓音是这样怪，仿佛声音是从地下、从深渊里传来似的。

"可我没权利这样做……我是个软弱的人。"她用手把一绺额发甩到一侧去，"此时此刻，我仿佛觉得我是个罪人。当皮亚里的作业本不翼而飞时，我曾经反复地承认、解释……现在看来，不是你们每个人都具有与我同样的勇气。可是，咱们中间纵然是最胆小的人也应该学会承担责任……我们到走道上去看五分钟。谁也不要离开走道。要是犯了过错的人还有个负责的头脑，下定决心拿出勇气来承担责任，那么就应该到校长那里去承认自己的过错。就这么办，全班起立！"

没等同学们开始往外走，莫丽凯老师自己头一个离开了教室。当汤米往走道上看时，他看到女老师的肩背可怕地颤动着。

第七章　溢水事件（二）

水已经涌溢到了礼堂门口。校工老太太一个人与洪水孤军作战，她用的是一把宽宽的刷把、几把拖布和五个水桶。好在走道上的地面本来就向厕所那边倾斜，所以水自然向厕所回流，不过水要是再升高几厘米，就会流进礼堂了。

校工老太太骂骂咧咧的，像一棵着了火的璎珞柏。

"别往这边走！"

"我们是来帮助你同洪水搏斗的。"卡丽塔讨好地向校工老太太走过去。

"我不用你们来帮我……你们不来碍我的手脚就多谢了……"她干活手脚麻利，一个老太太抵得上一个壮男人。她把水扫进簸箕，倒进水桶，提出去倒掉。随着她敏捷地拖动着拖把，水花不时高高飞溅起来。

同学们很想看看走道那头水漫成什么样子了。

男厕所的门开着。校工老太太的大儿子在厕所里扫水，他一下一下扫着，水就一浪一浪漫出门槛来。他一边骂打破泄水缸的缺德鬼，一边把水倒进了槽坑，骂声和水星一起溅到同学们身上。

厕所的泄水管被污物堵塞，水几乎不能流过。

鲁罗年踮起脚，小心翼翼地想从校工老太太身边走过去。

"我说过，不能往那边走！"

伴着这一声吼叫，水淋淋的拖把一挥，向鲁罗年打将过去。亏得小伙子反应快，他一闪身，没打着。

"你别发火，我走开，我走开！"

"到了期末还不得不来清理从厕所淌出来的污水，叫谁都会发火的！"乌拉梅娅插了一句，和其他同学一同退进了教室。

"要是弄破泄水缸的人有勇气对自己的行为负责，也就没这些事了。"米娜说。她的眼睛本来很秀气，大大的，可这会儿她的眼睛收缩得出奇地小，"咱们班的男生也真够不争气的。"

"要是这种说法重复多次，就会有人相信这种说法是真的了。"鲁罗年拖腔拖调地说。

"反正女同学是不会来赔偿这份损失的。"乌拉梅娅声明说。

"当然不会。"女同学都大声嚷嚷着响应乌拉梅娅的声明。

"这种事要发生在女厕所里，她们不哭才怪哩。"

"要是我把赔偿几十马克钱的事告诉我父亲，我的父亲就会像子弹一样飞到这儿来！"

"女同学不能分摊这笔损失，这个原则一定得坚持！"

莫丽凯老师大步走进教室，随手关上门。她不看学生，径自走到讲台前坐下。"谁也没去过校长那儿。"她说。

"现在也还没人去。"乌拉梅娅生气地说。

"我们的男同学就是这么些不争气的家伙,这点我早料到了。"米娜恶声恶气地说。

莫丽凯老师慢慢摇着头说:"我太失望了,男同学!失望得心疼……我替犯了过失的同学感到可惜。他应该为自己感到难过……在这样的时刻,这个人怎么不问问自己:为什么这世上的生活这么严峻,而这世上的人却生来这么懦弱?"

"这个人竟这样愚蠢!"乌拉梅娅把憋在心里的话甩出来。

莫丽凯老师用眼神掐断了她的话。"是的,太愚蠢了。"她说,"大家都被赶到同一条海岸上,不管会不会游水,都得游过去……"

校长叩了叩门,接着开门进来。

大家起立,凝视着校长那身褪了色的衣服。

"我没能从拉莱那里找到任何答案。"他对莫丽凯老师说,"我没时间再在这里询问下去了,再过一小时我就要外出了。这样,咱们势必要到下星期一再来弄清这件事。莫丽凯老师,劳驾你给我开列一下今天到校学生的名单。"

"女生也要被开列吗?"米娜反对把女生列进去。

"全部……"校长转过身,又注视了一阵全班同学,"男同学中有谁最后一次课间休息时进过男厕所?举起手来!"

汤米感到背部痒痒得难受。

汤米尽量做到头不扭转而眼角能瞟见鲁罗年。

鲁罗年没举手。所以汤米也没举……

要不是汤米随狼犬罗侬一道第三次走过撒满锯末的散步小道，他是不会跟鲁罗年碰头的。鲁罗年叫住了他。

汤米的手一扬，再次把折成数段的树枝扔进了篱笆中，罗侬紧紧跟着他。汤米这样折了扔，扔了折，以此来控制自己的恼恨之情。

男厕所里发生的事竟无人承认，这使他的心绪变得十分恶劣。学校是生产人才的工厂。在一个梦幻的境界中，他们班的同学都逐一被装进了塑料箱，被送上了传动带，站在传动带旁的老师们把不合质量要求的产品统统甩到一边。这真像是白日梦。汤米却清楚地觉得自己在巨大的废品车厢里翻滚，他抱住自己的头，只求自己的脑袋不被砸烂。

他走在散步小道上，本来可以暂时忘掉学校的，可像存心同他作对似的，他碰上了鲁罗年。鲁罗年停下自行车，双脚着地站定，等汤米走近他。

罗侬呼哧呼哧喘着气，把汤米扔掉的树枝都一根根叼了回来。汤米弯下腰去，爱抚地捋着它身上的毛。这世界有这样那样的毛病，同狗没有关系。要是人类有狗十分之一的同情心，这生活就会是另外一个样子。当汤米停止对罗侬的爱抚，罗侬就向鲁罗年奔去。鲁罗年给了罗侬一份吃的东西。他一只脚支着自行车，两手抱起罗侬。他太想念罗侬了。鲁罗年喜欢罗侬，罗侬也早把鲁罗年当作自己可靠的伙伴。鲁罗年知道同学中谁也不喜欢他，可今天罗侬同他这样亲热，他的心情也就好一点了。

罗依跑回到汤米身边。

"遛狗来着？"鲁罗年盘问道。

"沿小道兜了三圈了。有的地方太湿，很不好走。"

鲁罗年冷冷一笑，说："这不会长久的。天气预报说下周在零下二十摄氏度以下。"鲁罗年直视着汤米。

"你在那里，在厕所里看见我了？"

汤米肯定地点了点头。"那么，体育老师也看见我了？"

"体育老师可能没看见你，否则他为什么不告诉校长呢？"

鲁罗年擦了擦鼻子尖。鲁罗年是冷血动物，他的无情表现不止一次使汤米感到气恼，但同时汤米又可怜他的无助。从无助这一点看来，他显得很矮小，一百八十厘米的个头有时看起来像个五岁的小娃娃。

"你要承认得趁早，不然会一天比一天难。"汤米终于把劝告的话说出了口。

鲁罗年的脸一下沉下来。

"那不是我干的。不过这说不说都一样。不管怎样，他们会认为这坏事是我干的。你可以到处散布说是我干的，你可以去诽谤我。"

"我什么时候到处去诽谤你了？"

"你过去不敢，现在敢了！"

"你要是清醒过来，趁早去承认，就用不着像疯子那样怕大伙了。"

鲁罗年伸手去抓汤米的前胸，可没能抓住。

"我说过那不是我干的。你认为是我？"汤米耸了耸肩。

"我干吗要知道这一点……你问你自己得了！我在厕所里时见那泄水缸是好好的。"

"既然你这样咬定是我，那你去告发我得了！"

"我知道得一点不比你多，鲁罗年。你知道得最清楚……要是他们问到我，我不会没根没据瞎编说是你干的。"

"他们为什么要来问你？"

"比方说，要是体育老师回想起来，说我往厕所看过的……既然你没损坏泄水缸，那你为什么不站出来声明：你离开厕所时那泄水缸是完好的呢？"

鲁罗年的脸上闪过淡淡的冷笑。"我那样说，他们能信我吗？"

汤米猜测，鲁罗年是用外表的平静来掩饰自己的过失。

事情的真相究竟是怎么样的？

"泄水缸总不会自己破的……"汤米说。

"这么说，你就干脆说是我敲破的吧！"

鲁罗年坐在自行车上，汤米转身又上了散步小道。

"你明儿早上就去告发我吧！"鲁罗年在他身后吼叫道，"或许，你忍不住，连明儿早上也等不到了！"

汤米向四周环视了一眼。

鲁罗年骑车走了。他一只手把着自行车龙头，另一只手伸向罗依。

"真可惜，这样出色的一只狗竟落到这么一个糟糕的主人手里！"他一边叫着，一边往远处骑去。

第八章　追查真相（一）

汤米站在校长室门口，按了三下门铃，才听到校长唤他进去的声音，同时，门口的绿灯亮了。

汤米开了门，大步走进了校长办公室。

"大家让我来跟您说说。"汤米结结巴巴地说。

"是呀，你一定知道的，为什么要打破泄水缸？"

"我也不知道为什么。"

校长皱起了眉头。他那双灰色的眼睛看着汤米，那探询的神情简直让汤米感到受着一种压迫。

"不知道？"

"不知道。我只是猜想，这泄水缸的破坏与我们班有关。"

教师办公室里的吵嚷声越来越响。

"等等！"校长打开那道通向教师办公室的门。校长进去后，门就半开着，汤米对教师办公室里吵嚷的情形既看得见也听得着。

教师们吵嚷的，好像跟学生们关注的是同一件事。

汤米莫名其妙地对厕所产生一种恼恨心理。似乎，那厕所里的瓷

砖，那厕所里的所有设备他都恨。这种恨追溯到来这所学校的头一天——那会儿他才上完幼儿园。

那年，矮小的他走进了这所学校。头几天，一些愚蠢的家伙就把去上厕所的小娃娃吓得哇哇直叫。从此，他们一上厕所就本能地产生一种惶恐情绪。可以毫不怀疑地说，这些受惊的娃娃长大后要是有朝一日当上死亡集中营的刽子手，他们对习惯于恐怖的种种训练都可以免了。

从那时起，汤米就恨学校的厕所，并且无论走到哪儿，见厕所就产生一种惊恐感。没有教师来制止过这类事件——他们只管各上各的课。他们只是把学生中抽烟的人查出来，对他们加以处罚。其实，在厕所里吓唬低年级学生的事多半也就是那些抽烟的人干的。教师们对厕所里发生的事睁只眼闭只眼，放任自流。他们想："这些男孩闲极无聊，在厕所里相互吓着玩……"

今天，汤米到校长室来时，鲁罗年向他投以怨怒的目光。鲁罗年在想什么？他在想：汤米为了保护自己的皮毛不受损，他要乱咬人了！

幸好，校长没有问他干坏事的人的名字，汤米也就没把鲁罗年的名字说出来。老师们在办公室里都吵吵些什么？玛丽老师像下蛋母鸡似的咕嗒咕嗒叫个不停。

"这事问我们中间任何一个人都是白问！教师要能把这样的问题说清楚，他也可以拿校长薪金了。当时谁在场？"

"你这话是什么意思？"莫丽凯老师激动地说，"我当时在场。可

我并不在男厕所里，倒是你玛丽老师会到男厕所去吧？"

"要是咱们一开始就要求学生严格遵守校规，制止学生的胡闹行为，那么别说是一个班，"玛丽老师板着脸说，"就是整所学校也不会像现在这个样子。然而要是像有的人那样对学生的胡闹行为放任不管，那么无法无天的学生的邪气就会压倒正气，不守纪律的学生就会越来越多。"

莫丽凯老师哭了起来："我要是还能做别的事，我这就离开学校。可我得过日子呀。我有三个孩子，一幢房子，我负了很多债……我非得干活不可。"

说实在的，莫丽凯老师很可怜。她哭的时候，汤米很想看到她的脸。在教师办公室，在班上，在校园里，到处都是一个理：卑鄙的鬣狗总是往弱者身上扑，脏水总是往好欺侮的人头上泼。

"首先，这是校长和年级主任的责任。"玛丽老师说，"为了弄清这个事件，年级主任拉莱都做了些什么？"

接着又有几位教师对拉莱表示了指责，这使拉莱受不了，他叫起来："别对我说三道四了，有多少人对教师职业像我这样坚守不移？"

玛丽老师在一角煮着咖啡，她说："三班有一撮害群之马，约尼、鲁罗年，还有几个跟他们混在一起的，他们威吓别的同学，别的同学都怕他们。"

"真是这样吗？"莫丽凯老师苦着脸说，"约尼很有数学天赋，心算那么好的，咱们学校也就他一个了。"

"那又怎么样？"玛丽老师接过话说，"照你的说法，捣蛋鬼只要有一技之长就能当工程师？"

教师办公室里忽然沉寂了。汤米倾身想从门缝里看究竟发生了什么，但他什么也没看清，只看见了校长的背影。艾娃老师的声音打破了沉寂。正在这时，艾娃老师进入了汤米的视野。

"我总也弄不明白。"艾娃老师端着牛奶杯站在校长身边。她今天又穿了一件簇新的皮短上衣，这种春装街上正流行，"打听一下约尼过去的行为吧，他本来就像我们今天看到的这个样子，为什么恰恰是这样一个约尼，就踢到咱们这儿来了呢？"

"约尼应该在咱们这儿。"莫丽凯老师指出。

艾娃老师没理会莫丽凯，她的目光没从校长身上移开。

"我早想把约尼之流撵出咱们学校去！可你不敢。你不可能弄清打破泄水缸的事情了，你巴不得你的学校名誉扫地。"

"我的学校？难道这不也是你的学校？"

艾娃精心化妆过的嘴唇上挂着一丝轻蔑的冷笑。

"这里只不过是我干活的地方罢了，不具有任何别的意义。我在这里已经干十年了。这里的工作从来不能触发我的灵感，但我恪尽职守。"

"你可真会说，"玛丽老师憋不住了，她说，"你如果再含沙射影说我不尽心尽职，那么我可以告诉你，我也是恪尽职守的。这不是每个人都能做到的。"

"可能，有的人到这里是选错了职业！"

汤米不知道艾娃老师往下还说了些什么。

校长办公桌上的电话突然刺耳地响起来，汤米不由得一哆嗦。校长回到自己的办公室接电话。电话那头的人直着喉咙大叫，汤米听到了从听筒里传出来的每一句话。这是班上一个女生的母亲打来的。

"你们别想叫女孩子也来为那个打破了的泄水缸赔钱。让那些高薪的老师赔去吧，是他们没管好那些男生。"

"没人说过叫女生也赔钱……"校长对着话筒说。

那边把电话挂断了。

校长放下电话，慢慢转过身，漫不经心地对汤米说："据体育老师回忆，当时你往厕所里望过一眼的。"

"是的，我是望过一眼。"

"那么有人在里头吗？"

校长等着汤米回答。

汤米的心不由得阵阵发紧。"有的。"

沉默。

"谁？"

汤米咽了一口口水。他感到喉头直发堵，碍着他说话。

"你不会不认识那同学吧？"

"那是当然……还是让他本人向您承认吧。我不想说出他的名字。"

校长的双颊涨红了。

"我问是谁打破的，你在等待那同学勇敢地举起手来，就像你一样，

是这样吗？"

汤米的背上像有许多蚂蚁在蹿动。

"我也没举手。这举手是打破缸的人的事。"

校长"唉"地叹息了一声。

"我的忍耐是有限度的，"校长说，"全校师生的忍耐也是有限度的。要是明天还查不清，我就不得不采取另一种截然不同的措施了。"

汤米从校长室出来，在走道上猛一怔——他看到正在走道上等候他的鲁罗年。鲁罗年一把抓住了汤米的手，问："你没说出我的名字吧？"

"没有。可你应当想想你现在该怎么做！"

鲁罗年扭动着下巴，牙齿咬得咯咯响。他大步走进了教室。汤米也紧随他进了教室。

"校长知道泄水缸是哪个男同学打破的吗？"乌拉梅娅这话里藏着话。

"我们女同学全知道啦！"

汤米的耳朵嗡嗡直响。他转身看了看鲁罗年。

这个班上的"暴君"还听不出这话的意思。鲁罗年莫名其妙地看着乌拉梅娅，眼珠子仿佛要从眼眶里跳出来。

"你们为什么不把你们知道的报告校长呢？"

乌拉梅娅轻声一笑："我们等着干过坏事的人自己拿出足够的勇气来，希望他自个儿去说自个儿怎么干的坏事。可现在我们将不会等得太久了……"

鲁罗年站直了身子。

"你们从哪儿知道的？"

乌拉梅娅毫不退缩毫不动摇地回答："那天凑巧我们中间有人看到了，看到一个湿淋淋的男同学从厕所里跑出来，他还在走道上拧了一阵湿裤管呢。"

汤米目不转睛地看着鲁罗年脸上的表情，这可是个厚脸皮的家伙。全班都在读他的脸，从他的脸上大家读出的是：唯他一人对乌拉梅娅的话感到怒不可遏。

究竟是谁看见了他？汤米一个劲地回想，女同学中哪一个在他身后到过男厕所门口呢？他总想不起来。

"干脆，让她把告诉过你们的真相也告诉我们吧！"皮亚里很想立刻知道究竟是谁。

女同学都做出一本正经的样子。乌拉梅娅像大慈大悲的皇后似的说："要是明天干坏事的人还执迷不悟，我们就说出来。我们要看看，在明天之前这个家伙能不能生出点胆量来！"

第九章　追查真相（二）

全班整整齐齐都在教室里，今天下决心要把打破泄水缸的事弄个水落石出。

乌拉梅娅自己坐到教师讲课的椅子上当起了主席。

靠门坐的一个男生拍了拍门，于是整个教室静了下来，鸦雀无声，就像是学校的督察员来了似的。

"我们不能为这件事没完没了地分心。"乌拉梅娅打破沉寂，"十秒钟之内，干了坏事的人自己站起来！"

大家注视着教室正面墙上钟表走动的秒针，全体一动不动地端坐着，这样能促使该站起来的人早下决心。这时，每个人都在留神周围任何一点小小的动静。汤米的目光从鲁罗年身上迅速移到约尼身上，就这样循环往复地看着。这两人中没一人有站起来的表示。

"十秒钟过去了。"乌拉梅娅提醒说，"那么，卡丽塔，我们听你说！"

这么说，在汤米身后看见一个男生从厕所里出来的女生是卡丽塔！

她可能是猜测的吧。她真的看见了没有？是她说出来那男生的裤管湿淋淋的？

卡丽塔站起来。她不自然地抬了抬眼镜，但是她脸上的神色平静得近乎冷漠。她可悲地在法庭上扮演了见证人的角色。

"你们大家一个跟一个走进物理实验室，我从音乐教室最后一个出来，在走道上……那会儿走道上一个人也不见。忽然，从男厕所里跑出一个人来……他的裤腿和裤脚全湿漉漉的。他站住，蹲下，使劲拧裤管。"

"这我们已经听你说过了。"皮亚里嘟哝了一句。

"我们感兴趣的是那人的名字，非常感兴趣。"后排有一个同学强调说。

"说下去。"乌拉梅娅吩咐道。

卡丽塔转身瞅了瞅靠窗那一排。

"他是约尼。"

约尼的脖子一下子红了。全班同学都屏住了呼吸，注视着约尼。汤米感到太阳穴的血脉跳得厉害，并且感到喉头堵得慌。

这么说，是约尼干的？还是他和鲁罗年两人一起干的？

"你要否认卡丽塔说的这一切吗，约尼？"乌拉梅娅冷峻地问约尼，她依旧寄希望于约尼自尊心的觉醒。

"我到现在为止一直没否认过。"

乌拉梅娅脸色发白，下巴动了一动。

"可你闭口不认……那么，现在你承认了？"

"我不承认！"

全班哗然。

乌拉梅娅从椅子上一蹦老高。

"这就是说，你咬定卡丽塔是在诬陷你？"

"她诬陷人已经不是头一回了。"皮亚里指出。

"问题不在卡丽塔过去有没有诬陷过人！"乌拉梅娅大声叫起来，"约尼，那就是说，你否认你打破过泄水缸？那么你的裤管是在哪儿弄湿的？"

沉默。全班都把目光投向约尼。

"这是我的私事，同谁也不相干。但是什么泄水缸我也没打破过。"

"你最后一个出来……"

"走在约尼后面的是汤米。"卡丽塔补充说。

汤米从座位上站起来。

"你看清走在约尼后面的是谁了吗，卡丽塔？"

"是的。"

"你是怎么啦，汤米？"乌拉梅娅问，"谁也没说是你干的坏事呀。"

"说这是约尼干的坏事也是没有根据的。"

全班人都站了起来。

"约尼和汤米是哥们儿。"卡丽塔的声音从齿缝间迸出来。

乌拉梅娅挥动两臂做着让大家都坐下的手势，并且叫大家别吵嚷。

"你们几个的所作所为，就像一群狒狒！"卡丽塔恶声恶气地说，"汤米，你怎么看泄水缸被打破这件事？"

“我从门外往厕所里望的那会儿，泄水缸还是好好的。这一点我也可以发誓。”

卡丽塔的两颊涨得绯红。

“我没说我看见约尼怎样打破了泄水缸，但是他最后从里头出来时裤管湿漉漉的。这一点我可以发誓。”

“卡丽塔，你最好只就湿裤管这一点发誓。”约尼指出。

“那么说，你走出厕所时，厕所里头还有人？”乌拉梅娅步步追问。

“是这样，还有人。”

“谁？”

汤米悄悄把目光从约尼身上转到鲁罗年身上。

鲁罗年歪坐着，像在听一堂他不感兴趣的课。

“约尼！我们必须知道他是谁。”乌拉梅娅颤抖着嗓音说，“整个学校都在等待咱们班把这个问题弄清楚！”

“让最后留在厕所里的人自己说好了。”约尼坚持说，“要知道，这是他的事。”

乌拉梅娅顿时失去了自信心和优越感。当她要带领大家往上再迈一个台阶时，她一下变成了一个普通小姑娘，无论是她端庄秀丽的外貌，还是女游泳手的荣耀，或是优异的学习成绩，对此时此刻的她都毫无帮助。

“既然不说，那么今晚就回去对各自的家长说，明天来上学时每人带五十马克钱来。”乌拉梅娅心潮起伏地宣布。

"要重新安装一个泄水缸，这笔钱是不能少的。"

"明天我说什么也带不了五十马克来。"一个小姑娘说。

"这是你的事。"乌拉梅娅严肃地指出，"玩游戏得遵守规则。"

一阵叩门声。

"请进来！"

这是校工老太太，她奇怪地看着乌拉梅娅坐在教师的座椅上。

"你们的年级主任让我送来的！"

汤米看到女校工拿着一顶帽子，上头印着"高诺泰"球队的标志。

"这是发大水那天在男厕所一个洗手间里找到的。你们干了那勾当以后，我把每个洗手间都收拾了一下。"

女校工的话没说完，汤米的眼前就放起电影来，一个个男生在他脑海里闪过……拥有高诺泰球队帽子的充其量也就五六人，并且一定是男生。他本人有一顶，鲁罗年有一顶，约尼有一顶……不，不，约尼没有这种帽子。但是尤西、霍尔麻有，皮亚里、托希麻也很可能有。还有谁有？

全班同学都圆睁着大眼睛看女校工拿着的这顶红白相间的帽子。

"它放在干电池后头。"女校工解释说，"它是偶然被发现的。"

汤米的背脊中间像有一群蚂蚁迅速爬过。

大家准会想，这件事的谜底该揭晓了吧？送帽子来的女校工的出现直接推动了谜底的揭晓。

这帽子上有没有人名缩写的字母？要是有，那就是两个人当中的

一个：尤西，或者鲁罗年。

乌拉梅娅拿过帽子，在手中捏了捏，像是证实了它不会咬人之后才展平。

帽子的主人在帽檐回折的地方露了出来。回折里有两张票。

乌拉梅娅把一张票举得高高的，全班男同学都认出了这是一张入场券，是昨晚依福克俱乐部队和高诺泰队两队决赛的入场券。第二张票被叠了好几折，不过全班男同学也都认得清那是什么票。

戴这样的帽子进厕所，想必是由于什么重要的原因使他记不起把帽子戴走了。

乌拉梅娅向女校工行了个少女屈膝礼。她总能把自己想做的事做得很得体。

"谢谢！对于我们这是一把解开破缸事件之谜的钥匙！"

"如果你们用到它，那就太好了。"女校工说，"这是你们的年级主任让我给你们送来的！"

"我们非常感谢你给我们送帽子来！"

女校工不知还该说什么，就后退着走出了教室，随手把门关上。

乌拉梅娅像拿着宝石王冠似的拿着帽子，把它郑重地放在讲台上。

当她把目光离开帽子环视全班同学时，她仿佛涌起一股新的力量。

"现在我们可以不管约尼承认不承认了！"

约尼的脸上现出嘲笑的神情。他说："我不明白，乌拉梅娅，要是他压根儿没打破过泄水缸，你也总不能逼迫他承认这顶帽子是他的。"

乌拉梅娅微微晃了晃脑袋。

"现在我们不必再寻找帽子的所有者了。我们要利用帽子里的这股气味……汤米，我看见你的罗侬在篱笆墙边等你。你去把它带到这儿来。"

汤米一时气急，没有明白乌拉梅娅的话。

"我想，罗侬只需五秒钟就能把帽子的所有者找出来。你骑自行车从它身边跑过，它也能记住你的气味。"

乌拉梅娅这么一说，使汤米对此不便再推托。

汤米曾几次在全班同学面前夸过他的罗侬能在四五十辆自行车中找出他的自行车来。所以让罗侬来找帽子的主人，只需几秒钟是肯定无疑的。

"我想，它一定能找出来的。"汤米说，"要是谁都不来认这顶帽子，那咱们就来试试。"

乌拉梅娅扫视着全班。

"谁也不持异议吧？要是谁反对这样做，那么他就起来陈述反对的理由是什么。"

米娜像在上课时那样举起手来，然后她用很快的语速提醒说："狗的嗅觉须特别灵敏，千万别把干坏事的人给放过了。"

乌拉梅娅不满地皱起眉头。

"干了坏事的人也可能会分辩他没有干过。只要他做得到，他会这样做的。可我相信罗侬。"

"这几天，别的人没戴过这顶帽子吗？"米娜问。

"不是完全没有可能的。"乌拉梅娅说。

"可以先拿我的围巾做实验。"女生帕乌拉提议说，"它在课桌里已经放三个星期了。"

"这种情况下，帕乌拉的气味里已经掺有她课桌的气味了。"汤米指出，"帕乌拉，你同别人换个位子。看罗侬是否能把换了座位的帕乌拉给找出来。"

"对呀，这样就能说明问题了。"乌拉梅娅拿定了主意，"帕乌拉，你把你的围巾拿到这儿来，汤米去叫罗侬……或许，犯了过失的人自己已经要认了？啊？"

"鲁罗年现在是自己承认的最后一个机会了，"汤米想，"像他这样头脑聪明的人应该有这点想象力：玩可能玩出纰漏来的。或许是他对罗侬灵敏的嗅觉不了解？"

"好，咱们开始。"乌拉梅娅宣布说。

汤米从座位上站起来。

"在侦察的这一步没开始前，我宣布：最好是犯了过失的人自己现在就站出来承认。"

"还说那干啥，把狗带来吧。"约尼没好气儿地说，"狗一来一切就都见分晓了。"

第十章　追查真相（三）

寂静无声的教室里，乌拉梅娅下了带狗的命令。汤米和狗很快就来到了教室门口。

乌拉梅娅的声音使人确信她能成为一个社会需要的人，一个精明能干的有完备住宅设施的人的妻子，她将拥有自己的海岬和游泳池，可以经常做水上旅行，应邀参加各种鸡尾酒会……

"找到谁就算谁吧，反正我已经有言在先了。我恨不得往这样的家伙脸上吐上一口唾沫，并且什么理由也不用讲。唯一的理由就是这个孬种，当他该站出来对自己的行为负责时，他胆小如鼠！"

乌拉梅娅的确善于抓住机遇……她为能居高临下地看一个可以被扣上"胆小鬼"帽子的人被揪出来而扬扬自得，趾高气扬。她眼看着就能给自己添上辉煌的一笔。

那么，这一分钟里鲁罗年本人怎么想呢？他不可避免地将要被迫承认是自己干了那件坏事，到这时，他的抵赖不认也便到了头……

汤米寻思着鲁罗年的处境。他感到他的喉咙在抽搐，在震颤。鲁罗年现在没有什么好威风的了……

"……没有比做一个男人却既没有智慧又没有勇气更可怕更可悲的了！"乌拉梅娅大声对全班说。

女孩子天天在嚷嚷什么智慧，以显示自己的优越。她们不时为自己拥有天赋智能而如醉如痴……倘若你此时此刻走到乌拉梅娅面前，对她说，她是个罗圈腿，走起路来难看死了，膝盖上有一块大黑疤，丑陋不堪；或者要是你此时此刻含沙射影说卡丽塔的眼睛有毛病，教室里立即就会有人抽抽搭搭，哭哭啼啼，吵吵闹闹，非把你揪到法庭上去或非把你拉进精神病院里去不可。人家因为她们的咋呼而蒙受傻瓜的耻辱，而她们却不受惩罚，什么事也没有。

要是这时洋铁匠大爷出现在她们面前，让他来对她们谈谈他对智慧的看法，他将这样说：被乌拉梅娅奉若神灵的智慧，并不能使现今这个世界发生任何转折性的变化，这个世界一处烧了麦地，另一处造出了新武器，第三处饿死了人，因为聪明的脑袋并不能支配现今这个多灾多难的世界。

然而现在已经不用去想这些了。罗依这就要直接扑向那犯了过失的人了，那些优越的人可以往他脸上吐唾沫了。

汤米和狗走到讲台边。"蹲下！"

汤米向乌拉梅娅瞅了一眼。"怎么样，咱们开始？"

"先生，我看，你这狗的样子不太高兴！"

"越快越好。快把围巾拿到这儿来！"

狗马上全神贯注地投入到面前的任务中去。这对罗依不是件容易

的事。狗像是嗅到两种全然不同的气味，两种气味相互干扰。它一时不能辨别和判断。在另一方面，狗刚才在校园里呼吸浓烈的春的气息，突然被弄到这儿来闻这股难闻的气味，狗能不能适应浑浊空气并解决难题呢？

罗依看了看汤米。汤米手里拿着从乌拉梅娅手中接过的围巾。

不用怀疑——罗依能嗅出围巾的主人来。它把耳朵竖起、贴紧，瞥了一眼汤米。汤米在递给罗依闻之前自己做了个闻围巾的动作。

这么容易的任务，罗依完成起来是不可能卡壳的。

今天的预演要失败了，那么全班每一个同学都将一辈子笑话他汤米。好多人因为他有罗依这样的狗而对他艳羡不已，从这种垂涎心理出发，毫无疑问今天他们全希望这次预演失败。因此，罗依这次要有个闪失，他们就会无情地嘲笑汤米，而要是罗依这次顺利完成任务，他们的心就会像被什么咬啮似的阵阵发疼。

全班默默期待着。汤米感觉到了这种期待。多少次了，他为自己在跳台滑雪中眼看在高台上要往下跳了，却因速度不如意而怒火中烧——今天的情形是不是也会这样呢？

汤米尽量使自己用镇静的语调说话。他坐下来，把帕乌拉的围巾递给罗依闻。

罗依频频翕动鼻翼，这边那边嗅着围巾。汤米感觉到罗依光滑的黑鼻子闻吸时沉着、自然而有力。再过两个月，他就离开学校，他和他的"老哥儿"将去闻初夏的清新气息，并且再也不用来闻学校生活的

气味了，一天也不用了。

可此刻他得经受住考验。

"帕乌拉在哪里？"

罗侬晃了晃尾巴。三十二双眼睛盯视着一只狗。狗抬起头，向前伸出鼻子去嗅空气。

它往哪个方向走？它果真能从坐满了人的教室里把围巾的主人给逮出来吗？可要是狗忽然不愿找呢？

汤米目不转睛地看着罗侬，这样才能让大家看到：狗并没看主人的眼神行事，它的寻找行动并没有受主人眼神的指使。

大家似乎同时想到了这一点，所以大家的眼睛只对着罗侬看。

罗侬开始挪步了，汤米感到喉头就像被棉团堵塞着。罗侬并没有想依据主人的眼神来确定它的寻找方向。它充满了自信，它比以前任何时候都显得有把握。

罗侬知道该怎么找。汤米紧张地看着自己的罗侬，为狗尾巴的晃动和狗的全神贯注而心生快慰。对罗侬来说，这并不比找一辆放在校园里的自行车难。

狗朝那边走去了。

大家一动不动，免得让狗分散注意力。每个人的目光都紧张地随着它慢慢挪步。有的同学不时看看汤米，从他的脸上捕捉表情。

很可能此时在教室里存有各种气息，比在校园里复杂得多。女孩子都洒了香水，这股香味站在教室前面都能闻到。

汤米不敢改换一点姿势，连直直腰都不行。他的任何一个动作都能对狗起指使作用。

罗侬站住了。全班发出的声音是叹息还是赞佩？

在狭窄的课桌间的走道里，罗侬转不过身来。它只得往后退步走，挺不方便的，真难为它了。

狗退到讲台边，又走进了另一条狭窄的走道，向前走。

到女生帕乌拉身边，罗侬站住了。

它抬头去嗅小姑娘帕乌拉。帕乌拉努力控制住自己不做任何表示。汤米看着狗的鼻尖在不住地翕动，下颌频频颤抖。接着罗侬吠叫起来。

"好样的，罗侬！"汤米夸赞它。

全班都舒了一口气。帕乌拉弓身用手抚摸罗侬，并把它抱起来。罗侬的两脚搁在了小姑娘的膝盖上。

"这可太了不起了！"一个同学惊叹道。

"罗侬，来！"罗侬向汤米走来时，汤米连连称赞它能干，他拍了拍它宽阔的前胸，不让快快摇动的尾巴打到自己。

过了几分钟，全班才喧腾起来。

汤米放下狗，直起了身。

乌拉梅娅从汤米手里接过围巾，把它放在讲台上。现在她拿起运动帽。

"没有哪个人还会怀疑罗侬有能力证实帽子是谁的了吧？那么，有请！"她把运动帽递给了汤米。

乌拉梅娅的双唇间浮现着庄严的微笑，这种微笑人们已经在《利登体育报》的照片上看到过了。

汤米缓缓向罗依转过身去。汤米能感觉到自己身后的鲁罗年此刻正用什么眼光看他。汤米挨狗坐着。

"免了！这是我的帽子！"突然传来的声音使汤米猛一震颤，帽子差点儿掉在了地上。全班哗然。

汤米直起腰，看到从座位上站起的尤西那干瘦的身子。

鲁罗年用眯成两条缝的眼睛看着尤西。

"大家终于听到你自己认了！你叫大家憋得慌！大家等待得可太久了！"

尤西的脸上浮现出讥讽的笑。

"你？"鲁罗年吼道。

"是的，我。你以为我不知道当时还有谁在厕所洗手间里？我从门下方看到你的皮鞋，除了你，全班没第二人有这样的皮鞋。"尤西回答。

鲁罗年的脸色泛白了。

"这个小小的细节证实了咱们班上了不起的运动员原来是个胆小鬼！"乌拉梅娅在讲台后边说。

"好吧，你来往我脸上唾口水吧！你刚才还叫嚷着要这样做的！大家都来吧，都来往我脸上唾口水吧——要是这能壮你们的豪情、给你们以勇气！鲁罗年，你准以为我现在要怕人了是吧？"尤西激动地说。

尤西笑了笑。

108

"你一定很想揍我，你干吗不敢了呢？"

"我不敢揍你？"鲁罗年站起来，经过几张课桌，直向尤西扑去，"你以为你是谁？"

"别那样，你们两个！"汤米不得不提高嗓门，以便大家都听到他的声音，"打架无助于问题的解决！"

鲁罗年已经抓住了尤西的前襟。同学们纷纷向他们围拢。

"汤米，你一个好男生可不能放任同学打架，自己在一旁看热闹。"乌拉梅娅急了，"要打，让他们到校外去打，免得毒化别人友善的心灵。"

"你们千万不能丧失理智。"扬娜带着哭腔眼泪汪汪地说。她看着同学围观他的哥哥尤西，不由得吓坏了，"尤西干起来可什么都不顾的，你们有问题只管好好讲，干吗打架？"

"我可不怕这帮恶棍。"尤西凶巴巴地说，"一个对一个也行，他们一齐上来也行。咱们到校园空地上去，今儿个让乌拉梅娅仔细瞧瞧！"

"你要让大家跟你打架，那你还得等很久！今天就我一个跟你打！"鲁罗年将尤西猛地往后推搡了一下。尤西没站稳，往后挪了一步。

"鲁罗年你可不能打尤西！"扬娜叫嚷着，"你们不知道，尤西不会认输的，因为我们的父亲是精神失常的人！"

汤米紧紧抓住罗依的项圈。狗的颈毛全竖了起来，它的五脏六腑都激动起来了。扭打中的鲁罗年和尤西推推搡搡到了门口，门被挤压得叽叽嘎嘎直响。两个人一退一进渐渐移向走道。围观的同学也跟着他们来到了走道。

第十一章　追查真相（四）

"咱们到那边去！"尤西转身跑到木板垛边，"谁头一个上来？或者你们一起扑过来？"

约尼看到尤西已经不很理智，这太危险了。于是他迅速穿过校园，来到尤西身旁，说："你们谁敢出来，跟我一个对一个？"

约尼脸有凶色。

"约尼，你这是何苦呢？你卷进里头去干吗？"乌拉梅娅站在一大群人中大声说，"你来到我们班上还不久，同谁都无仇无怨的。"

鲁罗年从人群中拨开一条路，走到了约尼面前。

"要是你一定要把屁股坐到尤西那边去，这也没出我意料！"

约尼把两手交叉在胸前，铜打铁铸似的站着。站在约尼身边的人都退散开去。

"你也就会舞弄舞弄拳头，别的，你不行！"约尼说。

鲁罗年在约尼面前站定，上身前倾着，像一只准备往前跳跃的山豹。形势一下变得紧张起来。大家预感到，约尼和鲁罗年要在众目睽睽之下比个高下了。他们两个用斗殴来分高下是迟早的事，今天应当

是时机了。汤米很想叫约尼提防着点。约尼很难预料鲁罗年是个多么险恶的家伙。

"哼，你说我什么不行？"鲁罗年吐了口唾沫。

"你觉得你什么行？"

"你行的，我都行！"

约尼扭动着下巴。"那么，事情清楚了。我代尤西来同你比试比试。不过不只是比试拳头，像小娃娃打架似的……"约尼扫了一眼校园，"让咱们来比试勇气。"

"怎么个比试法？"

约尼举起右手用一根手指指着屋顶："看见那屋檐了吗，鲁罗年？"

"我又不是瞎子！"

"第一个比试办法是，从那救火梯上去，用两手攀援屋檐，顺屋檐爬到那侧厢房顶上。"

"那屋檐上没人能攀得住。"皮亚里说。

"鲁罗年不管多险都要去试试的。"霍尔麻说。

"这鲁罗年最拿手了。"约尼不怀善意地刺激了鲁罗年一下。

"那么，第二个比法呢？"鲁罗年问。

约尼的目光迅速从屋顶滑向地面，停在校园的一个角落。"第二个比法是把警犬里塔的狗食钵取来。"

"这可办不到。"有人说。

这会儿大家没看见警犬里塔，但谁都知道，它在狗棚里打盹儿，

随时都可能被惊醒。

"谁动它的食钵，它就咬谁。"汤米警告说，"我还不熟悉狗的脾性吗？"

"就我所知，鲁罗年可是什么都不怕的。"约尼诡谲地笑了笑，"或者，咱们门开了却不敢进，箭上了弦却不敢放？"

鲁罗年把前倾的身子站直了。

"这两个办法咱们怎么分？"鲁罗年用沙哑的嗓音问。

"别去当傻瓜！"尤西大声说。

"这关你什么事！"鲁罗年呵斥了一句，眼睛依旧盯着约尼，"怎么分？"

约尼冷冷一笑道："拈阄儿，拈到哪招算哪招。"

"两招都一样。"皮亚里说，"一招可能遭殃，一招可能送死。"

"拈到长火柴棒的上屋檐，拈到短火柴棒的去取狗食钵。"鲁罗年说完往自己裤袋里掏了掏，"谁有火柴？"

乌拉梅娅举起一个火柴盒摇晃。

"谁先拈？"

"让鲁罗年先拈吧！"约尼说。

汤米拨开密集的人群走上前去。乌拉梅娅用手掌遮住，很快折断一根火柴棒，然后把藏阄的拳头伸给鲁罗年。拳头上露出了两个火柴头。

"长的上屋檐，短的取狗食钵。"乌拉梅娅把规则重申了一遍，"只要手指碰到哪根就必须把哪根抽走！"

鲁罗年动摇了。不过他还是伸出手来，一个颤抖的手指伸向了一

根火柴棒。

"右边这根。"乌拉梅娅报告说，她是一个非常认真细致的小姑娘。

鲁罗年拈出了一根火柴棒。

"狗！"

鲁罗年手上拿着的是短火柴棒。同学们在周围发出"啊"的一声，就像是一阵急跑之后忽然得以松口气似的。

"再拈一次阉决定谁先开始。"约尼看了看挂在学校墙上的钟，脱下自己的短上衣。

"别浪费时间了！课间休息时间马上就到，到那时别班同学就会跑出来。我这就开始！"约尼要从救火梯往上爬的时候，九年级三班的同学几乎全都聚在了校园里。几个女同学站在篱笆墙边同罗依说话——她们不敢看约尼爬上六层楼的情形。

约尼刚开始往上爬的时候，汤米很想叫住约尼，让他再理智地想一想，但是当他遇上约尼的目光时，却打消了叫住约尼的念头。事到如今，后退已没有可能。

约尼利索地沿铁梯往上爬，像一个登梯杂技演员。要想攀援屋檐到侧厢房屋顶上站稳，约尼得使尽全部的臂力。谁都知道，越往上爬，所耗臂力愈大、愈多。

"他快上到屋檐了。"皮亚里说。

"还得看后面呢。"鲁罗年冷笑着说。他说这话时嗓子嘶哑得简直就像破了似的。约尼停在梯子的顶端。他用左手抓着梯子，以便让右

手歇上几秒钟。

"现在他要开始横攀了！"霍尔麻低声说。

没等霍尔麻低语声落，约尼的右手已攀住屋檐，左手放离了梯子。

"他要掉下来了！"这是扬娜的失声惊叫。她并没有夸大其词，汤米也似乎感到正使劲蹬踢着双脚的约尼就要掉下来了。可是，约尼没事儿，他抓得牢着呢。

约尼在原处晃荡着，双脚一蹬一蹬的。

接着他开始沿屋檐横攀向前挪行。右手抓、左手放，左手抓、右手放。右边就是侧厢房的屋顶了。右手放、左手抓……

噫——噫——噫，哎，嘿嘿嘿嘿嘿！

同一种失声惊叫从不同的喉咙里发出来。汤米眉头一皱，眼闭上了。这闭眼也许是一秒钟，也许是几秒钟。汤米一句话也说不出来。

汤米再睁开眼时，看到约尼只用一只手悬在了屋檐上。

他一只手怎么能抓得牢？

瞧，他蹬起双腿又左右换手抓着攀援向前了。现在距离侧厢房屋顶已不远，他加快了攀援速度，左手抓住，右手马上放开，右手抓住，左手又马上放开。

约尼攀援到檐头，还得弯过去。围观的同学憋着的气从胸口冲了出来。

约尼的手如果还有力量，就能顺檐角拐过弯去。拐过去需要攀援的屋檐就短多了，而且这段屋檐也好攀多了。约尼加快向前攀动。

"他到侧厢房屋顶没问题了！"

汤米也这样认为。现在只需往下滑，当然不会有危险了。

约尼的手劲简直大得叫人不敢相信。他的脚已经可以踩到屋顶了，可他仍悬空往下滑，直到双膝碰到屋顶。

在雷鸣般的掌声中，他从侧厢房屋顶走到救火梯，下到校园地面。

约尼的双脚一触地，鲁罗年就伸过手去同约尼相握。

"绝对了不起，约尼！换个人早摔下来了！"

约尼喘着粗气。然而当汤米握住他的手时，他的手却一点不软。

尤西拍了拍约尼的肩膀。"我一直担心你会摔下来！"尤西重复着这句话，"这是我的错，完全是我的错，从头至尾都是我的错。"

楼上的同学纷纷跑到走廊上来看稀罕，喧哗声在校园里轰然响起。

"现在，就是说，该轮到我了，我得快点。"鲁罗年如梦初醒似的说。

有人跑出来告诉走廊上的同学不要高声喧哗，可谁也不理睬。当鲁罗年蹑手蹑脚快步往左绕了个大弯接近警犬里塔的狗棚时，大家都看呆了，个个都像在原地生了根似的。

鲁罗年的主意和办法成与不成，大家都要看个分明。狗棚的门在右边，鲁罗年没看见狗。这是非常非常危险的，弄得不好，狗没等鲁罗年看到它就已从棚里冲了出来。

他想，要是他有什么危险的话，同学们会给他打信号的。可是汤米就不信鲁罗年的办法是对头的。人再轻微的脚步警犬都能听见，它不用等看见人，就能闻到人的气味。警犬该早已闻到鲁罗年越来越明

显的气味了。幸而，风向对鲁罗年有利，是迎着鲁罗年的面吹的。很可能，这会给鲁罗年造成得逞的机会。

"现在是危险最小的时机。"站在汤米身旁的约尼低声说。

汤米的确也这样认为。在柏油铺就的覆冰地面上，可以看清被铁链拴住的狗的势力范围。鲁罗年沿屋角向狗棚门口跑近。

鲁罗年步步逼近警犬的势力范围。鲁罗年此刻踏进的可以叫"布雷区"，或叫"薄冰区"。也就是说，有危险，但不一定要命。偷看警犬的人稍有响动，警犬就会子弹似的飞出来。

鲁罗年控制着自己，向前轻轻挪动着脚步。他不会不知道，这正是他最可能倒霉的时刻，要是有人忽然跳出来叫警犬守好它的食钵，他可就全完了。虽然这是他最危险的时刻，可有的同学依旧在校园里走来走去，脚步咚咚作响。

鲁罗年想要抢取狗食钵，他可得动作迅捷利索，但又不能有丝毫声响。近年来全校还不曾有一个学生走得离警犬里塔这么近。警犬对自己的势力范围守得很牢，可此刻很奇怪，它在狗棚里没出来。

很可能是学校近旁有人拿食物来喂它，把它喂得太饱了，正打盹儿，要不然它一夜到天亮都会汪汪叫个不停的。好，要是警犬里塔正肚饱神虚、恹恹思睡，就太好了。

汤米打了个冷战，是不是因为两天前天气转冷？虽然温度计显示温度上升，但空气依旧潮湿，冷风刮个不停。也许是他心里害怕，所以像发疟疾似的抖动。鲁罗年面临的危险震撼着汤米，他身体的每一

个部分都像要离他而去，飞向四面八方。

前年，有个同学冒险要去同这条警犬斗一斗，跑进了它的势力范围，结果叫里塔猛咬了一口，从此死了逗狗玩儿的心思。以后再没有人敢进入警犬的领地，没人敢走近狗棚。

鲁罗年正偷偷从左侧迂回着接近狗棚。

"再过十秒钟，就一切都见分晓了！"站在汤米身边的尤西沙哑着嗓子说，"警犬一定已经嗅到气味了！"

"快，鲁罗年！"汤米小声说。

最后这关键时刻，他会做到不失时机吗？

鲁罗年向狗棚弯下腰，伸手去取狗食钵。这下，狗醒了。

可能是鲁罗年伸手去拖动狗食钵时狗食钵擦着沙子或冰地发出微细的嚓嚓声让狗听见了，也可能是狗闻到胆敢靠近狗棚的人的气味，反正，它抬起了脑袋。

"小心，鲁罗年！"米娜看到警犬已经开始站起来了，在这危急时刻，她大叫起来。

米娜看着危险中的鲁罗年，血都吓得变凉了。她敏锐的目光完全投注在偷钵人身上。

鲁罗年明白，他不能继续猫腰小步挪行，于是他猛扑过去把食钵抓到手里。鲁罗年的动作闪电般迅捷。这时，汤米回想起几个电视上见过的令人心头发紧的可怕镜头。鲁罗年一下站直身子，像短跑运动员似的逃离危险区，拼命把自己的对头甩到自己后面。"狗已经从棚里

跳出来了！"站在危险圈外的同学异口同声地叫起来。

看门的警犬有一种特别可恶的习性，汤米也说不清这种习性可恶在哪里。这是一种培养出来的动物习性，而且就是人在狗身上训练出来的。在动物的天性里，汤米看不到这种可恶的东西。

当狗蹦出棚子，它就如失控的汽车似的冲力无穷。

狗张开血盆大口，两排雪白的獠牙连牙床都分明可见，它要追袭突入它势力范围的生人。

"要追上了！"

狗的反应、动作风驰电掣般快速，完全不亚于鲁罗年。它清醒过来，一秒钟内就冲出狗棚，即刻就弄清它的食钵被抢了。它拐过弯直扑鲁罗年。

他能逃得开吗？

"鲁罗年胜利了！"站在远处的人群爆发出欢呼声。

警犬跳跃着向鲁罗年快速追去，越追距离越短。

这时鲁罗年犯了个错误：他回头去看追他的狗追到什么地方了。

他奔逃的步子乱了。他的步子拉得过长，也许是地面太滑。反正，鲁罗年出人意料地一个跟头侧身跌倒在冰地上。

"天哪，快去救他！"汤米听到莫丽凯老师的叫声，同时看见，在他急急跑过去帮助鲁罗年的同时，莫丽凯老师也从他身边闪过。

各种可怕的叫声从围观者的胸口一齐迸发出来，人们不再痛苦地沉默。大家看着急于从地上爬起来的鲁罗年和跑过去帮助鲁罗年的莫

丽凯老师，还有尤西、汤米和约尼，看着疯狂的警犬里塔张开血盆大口追近食钵盗窃者。

此时，要是里塔选对追逐路线，那么鲁罗年是注定没救了。警犬跑得太直，这样拴狗的链子正好同挂滑轮的铁丝形成直角，于是滑轮就不再转动。狗跑得越快，拴狗的铁链就绷得越紧，滑轮就越转不动，它甚至反而被往后回拉了几尺。

这使围观的人松了一口气。狂暴的狗被链子拉痛，汪汪直吠，前腿高高蹦起。这时前去救助鲁罗年的人很快把鲁罗年扶起来。但他们眼看还是来不及撤离危险区。尤西刚想到了这一点，所以向狗跑去了。

"狗会把你撕碎的！"扬娜大声说。

"让它撕吧！"尤西回答着加快了步子，他展开双臂，准备同狗搏斗。

汤米冷静地估量了一下形势，和约尼两人合力把扭伤了踝骨的鲁罗年扶出危险区。但鲁罗年已不能行走，他提醒尤西说："你跑吧，尤西！你对付不了它的……"

当警犬的嘴直伸向尤西的当儿，站在危险区外围观的同学都不忍再看，纷纷闭上了眼睛。所以谁都没看清一大团灰黑色的家伙闪电般从尤西身边飞过，飞向里塔。

汤米听见了罗依的狂叫声——那灰黑色的闪电就是罗依！但汤米只顾救鲁罗年，没回头看一眼罗依。

狼犬的出现使里塔大出意料。狂怒的警犬先是全力追袭鲁罗年，接着是全力对付尤西，此刻突然迎面扑来的罗依一下挡住了它的视线，

它一时什么也看不见了。

罗依的牙齿呼地落在了警犬的颈毛上。两只狗展开了较量，它们厮咬着，结果扭成一团在冰地上翻滚，一会儿罗依在上方，一会儿里塔在上方。

"我倒霉透了！"鲁罗年在汤米耳边大叫，"我这该死的脚！"

约尼扶着鲁罗年。汤米跑去扶住吓得发呆的莫丽凯老师，让她离开危险区。这时，汤米还向尤西大叫："尤西快离开，快！"

莫丽凯老师、尤西像是在地上生根似的，直愣愣地看着两只身材魁梧的大狗在拼死相搏。尤西听到汤米提醒的叫声，向后退去，而圆睁的双眼一直不离两条厮咬得厉害的狗。

这种厮咬的激烈程度，超过了两年前里塔的那次搏斗。那次搏斗由于里塔的个头远比对手要大，把对手狠狠地收拾了一顿。

罗依知道里塔的厉害不？大概知道。至少，罗依往里塔脖子猛咬的一口，并没有把里塔吓倒。里塔虽然暴怒地乱蹿一气，但并不认输。

此时此刻，两只狗一只扭着一只在地上打滚，恶狠狠地吠叫着，把地上的干沙踢扬起来，弄得尘土如云。当里塔徒劳地想要压倒罗依时，成绺成绺的毛从罗依的脖颈和胸脯飞向空中。然而罗依的牙齿紧咬住里塔的脖子，里塔的狂吠声渐渐变成低声尖叫，接着尖叫声变得更凄惨。

随着学校门卫的一声吆喝，罗依和里塔的搏斗就结束了："怎么，发生了什么事？"

汤米浑身一哆嗦，他全然不记得里塔竟还有主人在。

"见鬼！"门卫一边跑向出事地点，一边大叫了一声，"里塔，把它咬翻！"

"你疯了！"莫丽凯老师叫起来。

门卫转向女老师："我叫您看看我的里塔！……里塔，把它咬翻！"

里塔躺在地上，背贴地胸朝上，做出投降姿态。它已经精疲力竭。狗打架不到体力耗尽是不会罢休的。

"罗侬，过来！"汤米看了看里塔。

里塔怎么啦？它躺在那儿，一动不动。它那喉咙深处的尖叫声不知是从哪儿传出来的。

一种对里塔的强烈同情感攫住了汤米。里塔做出的投降状，是任何一条在这种情形下的狗都会做出的。

汤米弯下腰去，眼看着、手抚着罗侬，放声说："要是门卫有一点养狗的经验，他现在应该过去安慰安慰里塔，给它鼓鼓劲。"

"我不需要任何一个小畜生的劝告。"门卫虽嘴这么硬，自己却向狗走去。

尤西在罗侬身边蹲下去。"罗侬没事儿吧？"

"皮上有几处伤痕，被咬了几撮毛，其他没什么，都好好的。"

汤米抱着狼犬，凑近它耳边对它低声耳语。

"罗侬救了尤西一条命。"米娜在旁边松了一口气。

"是呀，多亏罗侬。"尤西接着米娜的话茬说。

"当时，除了罗侬，谁也帮不了尤西的忙。"莫丽凯老师说这话时没有一点教师的架子。她的脸像水泥般灰白。

汤米站起来看了看莫丽凯老师。

女老师说得对！要不是罗侬，尤西一被咬翻，里塔就会接着扑过去咬其他人。

鲁罗年的手里还拿着狗食钵。他也看了看莫丽凯老师。

"你为了我，跑到这里来——跑到里塔的血盆大口边上来！"

"这种时候，人会忘掉一切恐惧和危险……它追得好吓人哪！"

"是呀，你为了我！"

莫丽凯老师用手指掸去糊在鲁罗年下巴上的冰屑。

"难道你不是咱们中的一员吗，鲁罗年？"

鲁罗年蓦然转过身。

"去找医生看看我的脚，同学们！"鲁罗年哽咽着，差点哭出来。

"快去，医生会给你治好的。"莫丽凯老师说。

鲁罗年一手搭在汤米肩上，一手搭在约尼肩上，三人向二楼医务室走去。

他们三人渐渐走远，同学们只听鲁罗年说："莫丽凯老师是一位慈祥的老太太，同学们，而我们过去却不知道……"

第十二章　水落石出

　　女医生马上接收鲁罗年，给他扭伤的脚进行治疗。正排着队等待看病的女同学开始很不乐意，但一看鲁罗年上上下下都流着血，脚踝两侧、下巴、耳朵都有破伤，大家都抑制不住惊恐，让他先行包扎……又是血又是冰又是沙粒。学校空地有些地方像搓板似的凹凸不平，在上面跌跤当然会鲜血淋漓。

　　两个女同学本来已解开上衣，见鲁罗年进来，赶忙把短衫掩上，却已经来不及了。

　　汤米和约尼在校园出事地点等了好些时候。

　　"这场打赌难分输赢，"汤米和约尼倚着走道尽头墙壁坐下，"不过这场打赌救了尤西。大家不会轻饶他的。"

　　"这种可能性太大了！谁在这场打赌中得到好处？"

　　"看来，没一人。"汤米同意说，"不过我们大家都为你们吓得心惊肉跳……要是有人挑个头，他们就都会去揍尤西。乌拉梅娅是头一个。"

　　"头一个要揍尤西的是鲁罗年。"约尼抿着嘴说。

　　"鲁罗年的有些想法是可以理解的。"汤米证实约尼的话说，"泄水

缸一事的肇事者大家都以为是鲁罗年……我一直相信这件坏事是鲁罗年干的！"

约尼冷笑了一声："我也是。"

汤米的嘴角边挂着一丝笑意，"被认定干这桩坏事的第二个人是你！"

"依卡丽塔的说法？"

"她的说法是对猜疑的一种证实……你的裤管怎么会湿淋淋的？"

约尼给去找牙医的两个女生让道。

"鲁罗年手掬了水往我裤子上泼的，哗啦哗啦。"

"可以预言，你们两人反正总将被拴到一块儿，但不会像今天这样疯疯癫癫的。今天你们两人的生命都坠在一根头发丝上了……"

"我的生命才没有坠在一根头发丝上呢！"

汤米不解地凝视着约尼。

约尼晃了一下脑袋，重复说："我的生命才没有坠在一根头发丝上……我要没有把握就不会上去，我不会白白拿生命去冒险的。"

汤米的背离开墙壁，站了起来，把沾在鞋尖上的冰屑跺干净。

"我目不转睛仰望你在檐头上，约尼……要是那檐头支持不住你的重量，你的奶奶就没人照管了。"

"不会的，她不会没人照管的……"约尼又晃了晃脑袋，"顺着屋檐拉了一根很结实的尼龙绳，从救火梯直拉到看门校工的电视天线固定桩上。"

汤米很快想起来，的确有一根绳子的。"这根尼龙绳现在还在，"约尼强调说，"你不信，可以上去看看。"

汤米现在才完全匀过气来，心境平静多了。

"你什么时候学的这一手？"

约尼微微一笑，说："一个多星期前……任何一个稍有头脑的人都能想到，我总有一天要同鲁罗年摽劲儿，争个高低的。我就开始练这一手。最近几天我早晚各练一次，双手抓住浴室的屋檐练，还在屋檐上转圈儿。有几个晚上我送完报回来，就试着爬屋顶。"

汤米想在好朋友约尼脸上捕捉哪怕一丝丝糊弄他的嫌疑，然而约尼始终是正儿八经的。

"那么，那警犬你怎么对付呢？"汤米问。他不知道自己对约尼可以相信到什么程度，"你能说，那警犬里塔你也能对付吗？"

约尼轻轻一笑说："我压根儿没打算跟狗打什么交道。"

这么说，攀屋檐是约尼存心给鲁罗年设下的一个连环套，目的只是引诱鲁罗年上当！

"可你们是拈阄儿的呀，你也可能拈到去取狗食钵。"汤米回想着说，"或许，乌拉梅娅就向着你？"

"根本没有的事。她做事从来是一本正经的。"

汤米还是想不通。

"这事咋弄的？我知道鲁罗年是什么险都敢冒的，而你只会其中一样。"

约尼笑起来。"我不会那么傻。要是我拈到去取狗食钵，我就要赖不干，我不会去出那丑的。"

汤米对自己的耳朵将信将疑。

"你的意思是游戏这东西本来就不能当真！"汤米提高嗓门说，虽然他知道女生们正在倾听他两个的谈话。他的说话声这么响，医务室里头的人全能听清楚。就让她们听好了，汤米继续说："要是你拈到另一根火柴棒，你就不去取狗食钵？"

"当然不去！我才不会丢这份脸，裤子要是被撕破了，打个补丁多难看！那样，我春天就没法儿过了。"

汤米和约尼在狭窄的走道上脸对脸坐着，约尼正要开口说话时，汤米大声说："同鲁罗年和尤西相比，你是个不折不扣的无赖。他们两个是诚实的，他们准备真干。"

约尼的眼睛眯成一条缝。

"见鬼，你别天真了！你倒是说说在暴力的较量中什么是诚实？"约尼的脸和汤米的脸挨得更近，"你是不会巧用心计的笨蛋，你只遵奉世界上现存的秩序和关于诚实的概念。可我希望我能拥有真正的智慧，哪怕一次拥有都好！"

医务室的门开了，从里面走出来的鲁罗年跛着脚，一步一颠。女同学拉住自己的短衫，并且向两边让开。

"你那关于诚实的概念来自白痴写的历险故事，来自各种美国电影！"约尼怒气难平，他针锋相对地大声批驳汤米，"你这样认识问题，

就会泪眼模糊地去看那些抢劫老人的强盗，离开电影院时还会去给门口窗台上的天竺葵浇浇水。"

"得啦，同学们，走啦！"

医生给鲁罗年的脚踝裹上了纱布，几处擦伤的地方都清洗了泥污。

汤米和约尼都弯下腰，让鲁罗年撑在他们肩上，一步一步慢慢向教室走去。九年级三班全体同学都坐在教室里，卡丽塔很有煽动力的声音传到走道上来，三个男生驻足在教室门口。

"你们两个不用扶我了，我自己走进教室去。"

约尼打开门，汤米让到一旁，让鲁罗年走进教室。

尤西已经从校长办公室回来。他站在全班同学面前，板着一张发白的脸。

这时卡丽塔正放开嗓门大叫："……要不是罗依逼迫你承认你的帽子，你还会让我们大家来为你赔钱呢！"

"火气真足，冲我来了！"鲁罗年在门口挖苦说，"这件事的详情你都弄清了吗，啊？"

"全部的罪责都在我身上。"站在讲台边的尤西说。

"原来是这么回事！"乌拉梅娅激动地说，"其他人都没事了！"

"可你知道吗，尤西的过错在哪里？"正在哭泣的扬娜提过这问题就止住了哭泣。她抬起头。

尤西张着嘴，像要对妹妹说什么，但什么也说不出来。

"为什么这么长时间大家竟不问一问，尤西不承认过失的原因在哪

里？"扬娜的心情激动万分。

扬娜指了指刚才走进教室的教《圣经》的女老师华尔卡玛。

"在教师办公室，您应该听到过这件事吧！"

教《圣经》的女老师一时糊涂了。

"您知道吗，尤西不能承认的原因在哪里？"扬娜急切地问。

"不能承认？"女老师反问道。

"不能承认……干吗他偏偏打破泄水缸！我对这一点完全不知道……并且，看起来谁也不知道。要是尤西本人不说，那么你把尤西像在屠宰场里那样劈成几片，也依然无法从他身上知道。"

"别说了，"尤西苍白着脸说，"不值得说。"

"其实，你能说清事情的全部经过。"汤米听女老师这样说，"要是你认为我们是应该知道、应该听一听的话！"

教室里一片寂静。尤西面对全班，一张脸一张脸地看过去，最后目光停留在华尔卡玛老师身上。

教《圣经》的女老师的脸上看不出有什么好奇，她只是像在向尤西提问。尤西的头扭向走道那边。

"我当时在厕所里的……在一个洗手间里，那时铃声已经响起来了。鲁罗年也在洗手间，这时约尼进来。我没看见他们……门关着，黑乎乎的……但可以听见他们两人的声音。鲁罗年对约尼大叫大嚷，接着就用手掌掬水往约尼裤子上泼。"

尤西哽咽了一声。"这时约尼猛一扳鲁罗年的脚，把鲁罗年扳倒在

地……他们打着打着，噔的一声撞在我所在的洗手间的门上……中间那道门，男同学都知道这扇门……这扇门的锁一直没修好，锁上就打不开。就是这扇门，鲁罗年走时咔嗒一声给锁上了，我怎么也打不开。"

汤米知道这扇门。"这扇门得修，说过多次了。"汤米证实说。

尤西长叹了一声。"那是星期六的最后一堂课。我在洗手间里坐了不知有多久，我叫不应人来帮我出去……大家知道，洗手间的墙是没有封到天花板的。光线从墙头和天花板之间透进来。要是我脱下上衣，下点儿劲，我就能从透光处爬出来……我爬出来了，我傻愣愣地一脚踩到挨近门边的泄水缸上，那缸哗啦一下破了。"

"那泄水缸本来就有一道缝的。"皮亚里说，"谁把沉重的东西往上搁，它就要裂开的。"

华尔卡玛老师向尤西前倾着身子，全神贯注地听着。

"这么说，这纯粹是一个偶然事件？"

"我不知道该怎么说，反正事情的经过就是这个样子。"

"你就悄悄溜走了，谁也没告诉？"乌拉梅娅责备地嘲笑说。

尤西缩成一团。"是的，我就走了。"

"乌拉梅娅碰到尤西那样的情况也会一走了之的。"扬娜眼泪巴巴地哭泣着说，"要是家里动不动就毒打你，你还敢说吗？"

女老师干咳了一声，打破了教室里的沉闷气氛。

"说真的，扬娜，我不相信，你们的爸爸动辄就毒打你们！"华尔卡玛老师说。这话的语调听得出，意思是让扬娜别这样说，"谁都知道，

你的父亲是小有名气的体育活动家。"

"小有名气又怎样？"扬娜没好声气了，"你不相信我们的父亲会打人？"

华尔卡玛老师站直了身子。

"我第一次见你，你读四年级。你同你的父亲每天晚上不是去散步就是去滑雪橇。"

扬娜站起来要说话。"别说了！"当妹妹站起来要说话时，尤西两手插在牛仔服口袋里大声说。

可扬娜不顾尤西的呵斥，一下解开纽扣，嚓一下把拉链拉开。她把牛仔服翻上去，把自己的背部裸给大家看。

全班同学都倒吸了一口气。扬娜的背部横一条竖一条，烙满了伤痕，大腿上的鞭痕也肿胀着。教室里顿时变得像墓地一般沉寂。扬娜放下了牛仔服，拉上拉链，然后转过身对着全班同学。

"我做错了事，我把家的钥匙弄丢了……要是尤西弄破泄水缸的消息传到我父亲耳朵里，他一准会把尤西给打死的！乌拉梅娅，把尤西除掉，你就能稳得头名了……"

乌拉梅娅从座位上站起来，她的脸像粉笔一样白。

"原来我一点不知道，扬娜……"

"咱们相互间并不了解。"扬娜的声音失常了。她怎么也控制不住自己——她放声号啕大哭。

扬娜向门口突奔而去。汤米感觉到扬娜的头发扇来了一股风。

第十三章 尾声

罗依在篱墙边频频摇晃尾巴。它一会儿把前腿贴向地面，像妇人在行屈膝礼似的，一会儿又跳跳蹦蹦。但这都不能使汤米从教师办公室的窗下走开。窗户开着，汤米、鲁罗年和约尼三人一起走过时，听见校长在里头大声说话，就停下了脚步。

他们有生以来头一回听校长训斥人。

可是又传来另外一个男人的声音，一听就知道是尤西的父亲。尤西父亲威风凛凛地坐车来到学校，神气活现地把车停在大门口。

"我不喜欢你们在还没弄清学生错误行为时就把我叫来。"

"你喜欢什么尽可以去喜欢你的，"校长宣告说，"可是当我确信你毒打你的孩子时，我得马上把你叫来。"

过了几分钟，校长接着说："我们这就把你的女儿叫来，你看看她的背！"

汤米竖起耳朵聆听。校园一角，从大门方向出现了一个骑在小型扫地机上的校工。这种扫地机屁股后头总冒出大团大团的烟来。

扫地机突突轰响时，教师办公室里的话就一句也听不见，所以他

131

们一心希望扫地机千万别往他们这边开。

难道尤西父亲的话已从他们耳旁飞过？没有，没有飞过。

"从什么时候起，学校竟翻腾起一个公民的私事来了？"

"事情涉及你，是从今天开始的。要是尤西明天来上学，他被打得如扬娜那副模样的话，我不会罢休的。"

"你吓唬我。"尤西父亲大叫起来。

"要是你毒打了你的孩子却还指望学校对你彬彬有礼，那你就错了。尤西弄破了泄水缸，这，不用说纯属偶然，我们会恰当解决这个问题的。"

"我不打算插手你们学校内部的事，"尤西父亲说，"要是那些应当好好管教孩子的人管教不好孩子，这是他们的责任。我们自己的事我们自己会弄清楚的。"

"说到管教，你知道一星期时间分摊到每个学生头上有多少吗？你知道几堂课分摊到每个学生头上有多少吗？"

"我没有这种知识。"

"四分钟……充其量十分钟。我们许多教师凭照片、凭点名册就能把全班学生了然于胸……你以为能用到教育你儿子的精力有多少？"

"反正现在教育尤西谁也无能为力了。"尤西父亲下面还说了些什么，由于校工的扫地机开过而没听清楚。那校工对汤米他们三人看了好一阵。

"走吧，怎么样？"鲁罗年问。

汤米心里明白，这样偷听人家谈话很不好。尽管如此，他不管鲁

罗年、约尼和罗依有多么不安，依旧偷听着。

"如果尤西加紧训练的话，他能当个著名运动员。"

尤西父亲在说尤西，他说的多半是对的。尤西是唯一一个在各项运动中都能得星奖的学生，然而近两年来他对体育已不热衷了。

"他就是不肯下功夫练，不然不用等到二十岁，他就能到德国或美国当个合同制运动员。"

尤西是对同学说过，他父亲求过赫尔辛基的一名老运动员带他出去。那老运动员过去曾在德国当过职业运动员。

"那他为什么不去呢？"约尼低声问。

从窗口传出校长的话音。"你觉得奖金对你具有极大的诱惑力，可你的儿子可能对奖金毫无兴趣！"

"你说，为什么他上学的时间越长会对奖金越不感兴趣呢？你们这学校是为理想培养学生的，可理想世界压根儿就不存在！你对那个理想世界相信吗？在学校的课堂里，你们在为工人应有的地位和权利而进行血战。"

汤米仰头望了望教师办公室的窗口，那里窗帘上映着尤西父亲魁梧的身影，校长激动地向前伸着双手。

尤西父亲说："我在商行里工作的目标很明确。我要么多多销售，要么滚出商行。我得为扩大销售而卖命……在大街上既不讲平等，也不讲团结，那里谁强有力谁就是赢家。你们教师生活都是有保障的，可你们别忘了，你们都得把学生送进林莽里去——那里得服从另一条

法则，就是弱肉强食的法则！"

校长的叹息声连校园里都能听到。汤米想，校长会怎么说？

"可能是这样。然而我们两个太不一样了，我不能不顾良心的嘱咐。我相信，世界会改变的，假如人们都不再屈从于你刚才说的这个弱肉强食的法则……并且，这种变化只能从这里，从学校开始，而不可能在别的地方。"

"你相信学校能做到这一点吗？"

"今天比昨天更坚信！"

校长的笑声使三个同学浑身一颤。

是不是校长正拍着尤西父亲的肩膀？

"要是你以为这是我们的工作失误，那就大错特错了！"校长接着说，"不，我们不是在向往海市蜃楼。向往海市蜃楼不是教师的特征，他们工作的特征在于检讨咱们现今社会的缺陷。你说的那种冷酷无情在学校中行不通，只会发生矛盾。这种矛盾只有我们把你所说的残酷世界加以人性化以后，才会消失。尤西的父亲，我们应该讨论的是如何让世界变得符合人性原则，而不是对学校说三道四！"

校工把扫地机停在了孩子们近旁。

"走吧，离开这里！学校里是不允许偷听的。"

扫地机扬起乌云般的滚滚尘埃，教师办公室的窗门砰砰砰全关上了。

"走！"汤米说着第一个向篱笆墙冲过去，罗依在这里等他。它愉

快地欢叫着，尾巴摇成一个圈。汤米向空旷的校园放眼看去，看到鲁罗年和约尼从木板垛那边，像电影中的慢镜头似的，慢悠悠地向他走来。他们不慌不忙地走近他。他们的后面是这样一个背景：一侧是大楼的高墙，另一边是空旷的校园，校园里随着校工转动的扫地机，尘烟浓云般冲腾而起，直向四周弥漫开去。

汤米抚摩着罗依，眼前展现出另一个很不同的天地，充盈这个天地的不是善善恶恶、成成败败。仿佛学校的中心人物就是他眼前的这两位同学，学校生活正是由他们构成的，学校的特性就是通过他们表现出来的。他们好的时候，学校就好些；他们差的时候，学校就差些。总之，学校今天是这个样子，是因为他们今天是这个样子……

三个同学沿篱笆墙走去。鲁罗年从这里要走上一条通往他家的小道。

"明天见！"鲁罗年说。

"明天见！"约尼应声道。他瞥了瞥汤米说："我同你一路走一路谈吧。"

"你们一定会谈得很开心。"鲁罗年说。

约尼微微笑了笑说："咱们倒有什么事不开心呀？"

鲁罗年也舒朗地笑了笑，跛着脚向后退了一步，两个拳头分别在汤米和约尼的肩上捶了捶。然后，他走了。

汤米和约尼肩并肩回家去。他们像练习竞走似的带着小跑，狼犬罗依在他们身后紧紧相随。